ことのは文庫

紅茶と猫と魔法のスープ

佐鳥 理

MICRO MAGAZINE

サバ白の君と猫に似た人

やっかいな子猫と声にならない声

紅茶と猫と魔法のスープ

第一部

サバ白の君と猫に似た人

失敗続きの日々でも

川澄汐里はチラシの束を抱えたまま、吹きつける風の冷たさに身を震わせていた。

通行人に声をかけようと、駐車場の入り口で待ち構えるが、目が合う前に距離を取られ、何もできないまま一時間が経とうとしている。

白い息を吐きながら、昨晩作ったばかりのチラシに視線を落とした。

『紅茶専門店〈シュシュ〉。キッチンカーでおいしい紅茶を淹れます』

気軽に飲んでもらえるようにと、意識して書いた楽しげな遊び文字と、休日だというのに見向きもされない現実の差に空しくなってくる。

板橋区の住宅街の外れにある、光南観光バス東京第三営業所の駐車場に、キッチンカーを出店するようになって半年経つが、売上目標を達成できたことがほとんどない。

この日は午後三時から雪の予報だ。降り始める前にどうにか最初の一杯を売ろうと、気合いを入れ直したとき、優しく肩を叩かれた。

「お嬢さん、赤羽行きのバスは、どこから乗るかわかる?」

呼び名と二十八歳という実年齢のギャップに、申し訳なく思いながら振り向くと、ロングコートにニットキャップという出で立ちの、年配の女性が立っていた。寒さのせいか、頬と鼻先が赤かった。

「バス停はこの道を真っ直ぐ行って、信号の交差点を右に曲がって」

道路を指しながら説明する。頷いてはいるが、表情は不安げだ。

「近いので一緒に行きますね」

汐里はチラシを抱えたまま、微笑みかけて歩き出した。

「忙しいのにごめんなさいね。越してきたばかりで、乗り場がわからなくて」

赤羽ならば電車よりもバスの方が便利だと、不動産屋から聞いていたが、探しているうちに道に迷ってしまったようだった。

バス停に着くと、汐里は女性と一緒に時刻表を確認した。もうすぐ赤羽行きが来る。

「すごい、タイミングぴったりですよ」

「そうなのね、よかったわ。若い人はこういうのもネットで調べるんでしょう？　わたしはやっていないから」

それを聞き、汐里はエプロンからメモ帳を取り出して、時刻表を写し取った。二月の寒い時期に、ここで何十分もバスを待つことになったら、風邪を引いてしまう。

今後のためにメモを手渡すと「あなたにはこれを」と、女性はまだ封を切っていない、新しいカイロを差し出してきた。

受け取っていいものかと悩んでいるうちに、バスが到着した。

「二つ持っているから大丈夫よ。寒い中ありがとう。勇気を出して、あなたに話しかけてよかった」

優しい声に、じんとしながら受け取って、汐里はバスを見送った。カイロの封を切って、かじかむ指で揉み込んだ。歩いているうちに、少しずつ温かくなってくる。

「いい人だったな。あ、チラシ渡すの忘れちゃった」

自分がそれまで何をしていたのか思い出し、汐里はため息を吐いた。

脇に抱えているうちに、チラシが身体の一部になってしまっていた。商売をしているという自覚がまるで足りない。

独立したとき、年齢よりも幼く見えるのは仕事には不利だからと、長かった髪を肩の上まで切った。雇われて働いていた頃の甘えを捨てたい気持ちもあった。だが、見た目を変えても、中身が変わらなければ意味がない。

息を切らしながら戻ると、駐車場は多くの人で賑わっていた。十代、二十代を中心とした女性たちが行列を作っている。彼女たちの目当ては、週末のみ出店している、オニオングラタンスープトラック〈グラタ〉だ。

汐里は喧噪の外でぽつんとしている〈シュシュ〉に入って、向かいに止まっている、黒が基調の洒落たキッチンカーに目を向けた。

青い髪のすらりとした青年が、キッチンカーを一人で切り盛りしている。笑顔を見せずに淡々と接客する姿から、味への自信が窺える。

「二時間かけてじっくり炒めた、黄金玉ねぎのグラタンスープ、か。おいしいんだよね」

タペストリーの鮮やかな写真を眺めながら、汐里はぽつりと呟いた。

出店初日に一度だけ食べたことがある。スパイスの刺激が寒い冬にぴったりの、大人向けのスープだった。

ずっと〈シュシュ〉一台だけだった光南観光バスの駐車場に、〈グラタ〉が出店するようになったのは、三週間前の週末だ。その日はちょうど地域情報サイトが、キッチンカーの取材に訪れていた。初めは空きスペースの活用例を紹介するのが目的だったが、〈グラタ〉のオーナー美野要(よしのかなめ)に興味を持ったようで、彼の経歴が大きく取り上げられた。

亡き祖母が五十年続けていた、洋食屋の味を受け継いだ特製スープ。手持ちの資金をすべて注ぎ込んで製作した、こだわりの車。オーナーが二十一歳の、青い髪の学生というのもインパクトがあったのか、記事がSNSで拡散されると、〈グラタ〉はたちまち行列のできるキッチンカーになった。

彼はこの日も三時間でスープを完売させたが、すぐには帰らなかった。タペストリーの上にｓｏｌｄ ｏｕｔの紙と次回の出店予定日を貼って、人気店だとアピールすることを忘れない。運転席で時間を潰し、五時になると場所代の精算をして引き揚げていった。〈グラタ〉の灯りが駐車場から消え、辺りは急に暗闇に包まれた。

「あと一時間か」

汐里はちらつく雪を眺めながら、売上ノートをぱたんと閉じた。

器材の拭き上げを始めてしばらくすると、背後からぐるぐる獣のうなり声が聞こえてきた。一体どこから現れたのか、カウンターの上に猫が乗っていた。サバの皮のように濃淡のある灰色のしま模様。緑色の瞳。腹部は白なのか、茶なのか判別がつかないくらい砂だらけだった。

「ちょっと、そこはだめだって」

追い払おうとする汐里の脇をするりと抜けて、猫はキッチンの中に下りてきた。甘えるように鳴いている。

「おなかが空いたの？」

餌の催促をしているのか、声が高くなる。汐里はスチームで軽く温めたミルクをボールに注いでやった。猫は鼻を近づけて何度も匂いを確認するが、顔を背けて飲もうとしない。隣に水を入れたボールを置いてみると、ようやく舌を出した。

「ミルクは好きじゃないのかな？　他に何かあったら良かったんだけれど」

丸椅子に座って様子を眺めていると、猫は膝の上に飛び乗ってきた。小型犬と変わらない大きさだが、想像以上に軽かった。

そっと背に触れてみる。警戒したように体を揺らしたが、その後は頭を上げて、自分から手のひらに額を押しつけてきた。掻いてほしいのかも。眉間のあたりを指の平で擦(さす)ると、気持ちよさそうに目を閉じる。

「おまえも苦労しているのね」

毛に覆われてぱっと見ではわからないが、体は痩せ細っていた。餌を探し続けて、ようやくここに辿り着いたのだろうか。

降り続く雪の中、エコバッグを提げた人たちが駐車場の前を通り過ぎていく。これから夕食の準備をするのだろう。

今日の夜ご飯、何にしようかな。

膝に感じる命の温もりに癒されながら、汐里がぼんやりと考えごとをしていると、猫がするりと床に下りて、また何かを訴えるように鳴いた。

「やっぱりご飯かな？　ちょっと待っててね。今、コンビニで何か買ってくるから。すぐ戻ってくるから、それまではちゃんとここにいるんだよ」

驚かさないようにそっと車を抜け出す。餌をいくつか買ってから大急ぎで戻ったが、猫はもういなくなっていた。

仕事を終えて真っ直ぐ自宅に帰ると、パソコンに今日の売上を入力する。それからキッチンに立って、ケトルで湯を沸かした。

棚からセイロンオレンジペコーの缶を取り、チョコシロップのボトルとミントリキュール、賞味期限の近づいた、濃いミルクをキッチンに並べる。

どんなに疲れていても、チョコミントティーを淹れて飲まないと、仕事が終わったという気がしない。今でこそ一人分しか作らないが、勤めていた頃は毎日、仕事仲間の分まで淹れていた。

一年前、大学を卒業してから五年間勤めていた、紅茶専門店が閉店した。建物の老朽化と店主の高齢がその理由だった。「大丈夫、あなたならどこでもやっていける」と、汐里は優しく送り出されたが、新しい職場で人間関係を築く自信がなく、キッチンカーを始めることにした。自分一人だけなら、どうにか食べていけるのではないかと思ったからだ。

キッチンカーでの商売に必要なのは、こだわりの一品を持つことだから、紅茶専門店で働いていた経験を活かせる。初めは見向きされなくても、一度飲んでもらえれば、また来てくれるはず。そう信じて同じ場所で出店し続けているが、なかなか次に繋がらない。

食べていくのに困らなくて、温かい寝床があって、休日の散歩のついでに、ちょっとおいしいものが食べられればいい。それ以上は何も望まないのに、たったそれだけのことが、どうしてこんなに難しいのだろう。

ケトルがぱちんと音を立てた。スプーンで缶から茶葉を掬い、耐熱ガラスのサーバーに入れる。湯を注いで、茶葉が開くのを待つ。どんな種類の茶葉でも、飲みごろを外さない自信はある。

小ぶりのビーカーに入れたミルクをスチームで泡立てる。紅茶、ミルク、アルコールを飛ばしたミントリキュールをマグカップに入れて軽く混ぜ、残しておいたふわふわの泡を掬って載せる。上からチョコシロップをかけたら完成だ。

汐里は爽やかな甘さに安らぎを覚えながら、楽しかった日々の記憶に浸った。

「わたしって向いてないんだな、商売に」

ポケットからスマホを出した。独立と同時に始めた宣伝用SNSに『明日も朝十時から営業いたします。ぜひお立ち寄りください』と書いて送信する。

フォロワーはようやく五十人。いつも義理堅く反応してくれるのは、遠方の同業者ばかりだ。来店者数も増えないし、見る人もいないのに、一人で営業時間を投稿していると、虚しくなってくる。

「そういえばあの子、ちゃんとご飯食べられたかな」

汐里はふと、雪の中で会った、猫の温もりを思い出した。

週が明け、穏やかな日常が戻ってきた。汐里はカウンターの内側で丸椅子に座り、小鳥たちの賑やかな声に耳を傾けていた。

〈グラタ〉の営業は週末のみで、平日は〈シュシュ〉一台だ。買い物に訪れるのは光南観光バスの社員たちと常連客で、新規客はほぼゼロの状態だが、他人のペースに惑わされない分、週末よりも心は穏やかだ。

この場所は、所長を含めた社員全員から「麗花さん」と呼ばれ、一目置かれている事務員の女性の計らいで、使わせてもらっている。売上を立てて、少しでも多く場所代を払いたいが、差し伸べてもらった手に縋るばかりで、まだ何も返せていない。

開店時間になると、建物から中年男性が出てきた。歴三十年、ベテラン運転士の丹羽だ。手には空のティーカップが三つ載った、丸盆がある。

「川澄ちゃん、今日は四つじゃなくて、三つね」

丹羽はカウンターの上にカップを並べると、顔をしかめながら、腰を伸ばしたりさすったりしている。度重なる長距離運転で、腰を悪くしたようで、最近は運転よりも事務の補佐が仕事の中心らしい。

「どなたかお休みなんですか？」

「加賀谷っているでしょ、うちの一番若いの。あれが新婚旅行で今日から沖縄なのよ。一週間かけて離島も巡るんだってさ」

「いいなあ沖縄」

高校の修学旅行で一度行ったきりだが、地平線まで続くエメラルドの海を見たときの感動は、今も胸に残っている。

「その分、帰ってきたら地獄シフトだけどね。川澄ちゃんのお土産買ってこいって、ちゃんと言ってあるからさ」

気遣いに恐縮して頭を下げると、丹羽は目尻に皺を寄せる。

「今日もアールグレイね。そういえば麗花さんが昨日の午後飲んだアールグレイ、褒めてたよ」

「えっ、ほんとですか。実はあれ、取り寄せたばかりの秋摘みのダージリンに、生ベルガモットで香り付けしたものだったんです」

「ナマベル、何？」

「ベルガモットはイタリアが原産の柑橘です。わたしが使ったのは国産で、農家から直接取り寄せたものなんですけれど」

「あーそうか、ナマベルモントのナマは、生レモンサワーの生と一緒で、本物の果実って意味ね」

ようやく腑に落ちたのか、丹羽がぽんと手を打った。

「アールグレイは、茶葉自体に香りが付いているものを飲むのが一般的なんです。だから、香りが強すぎたかな、って少し心配していたのでほっとしました」

「川澄ちゃんは、本当に紅茶が好きなんだなあ。俺はベルモントだって初めて知ったよ」

丹羽は丸く張り出した腹を揺すって笑っている。相手が興味を持っているかも考えず、夢中になって説明していたことに気づき、汐里は赤面した。

「それじゃあ、カップお預かりしますね」

丸盆ごと預かると、よろしくね、と彼は小走りで事務所脇の喫煙所に向かう。紅茶ができるまでは朝の一服だ。

「ああいうときって、ベルガモットですよってちゃんと訂正したほうがいいのかな」

汐里は首を捻りながら、中国産のキームンがベースになった、アールグレイの缶を手に取った。

香りでリラックスできるだけではなく、美白やアンチエイジングにも効果があると麗花に話してから、アールグレイが朝の定番になったが、ベースになる茶葉の種類は、その日の社員たちの様子を見ながら変化をつけている。

サーバーに茶葉を落として、ケトルで湯を沸かす。紅茶を淹れる準備をし始めたとき、駐車場に黒いトラックが入ってきた。

〈グラタ〉だ。〈シュシュ〉のちょうど向かい側、いつもの位置に車が停まる。程なくしてライトグレーのスウェット上下にサンダルを引っかけただけの、要が降りてきた。

寝癖のついた青い髪に指を通しながら、小走りで事務所に向かおうとしたが、思い出したように振り返り、汐里に会釈した。それから喫煙所で煙草を吸っていた丹羽と一言二言交わし、建物の中に吸い込まれていく。

平日は学校があるのに、どうしたのだろう。不思議に思っていると、丹羽が戻ってきた。

「川澄ちゃんこの辺で猫って見た？　美野くんさ、ペットの猫を探してるんだって」

それを聞いて、汐里はすぐに灰色の猫を思い出した。

「昨日の夕方、一匹見ましたけれど」

でも違う猫かも、首輪もしていなかったので。そう続けようとしたが、丹羽はもう、事務所から出てきたばかりの要を〈シュシュ〉の前に呼びつけていた。

ふとサーバーを見ると、茶葉が完全に開いていた。三つのティーカップに漉した紅茶を少しずつ注いでいく。

丹羽は駆けつけた要に「川澄ちゃんが猫見たんだって」と言って、淹れたてのアールグレイを丸盆に載せ、大慌てで行ってしまった。受け取ったらすぐさま持っていかなければ、麗花から叱られるらしい。

要は話を聞きにカウンターの前に来た。視線が落ち着かない。

「ごめんなさい、わたしが見たのは今日じゃなくて、昨日なの。だから違うかも」

汐里はできるだけ冷静な口調で言った。そうすることが必要だと思うほど、動揺しているように見えたからだ。

「どんな柄でしたか」

　低い声で訊いてきた。いつも互いに会釈しかしないから、まともに会話をするのは初めてかもしれない。

「サバ白っていうのかな。お腹のあたりが白くて、背中が灰色のしま模様の。首輪はしてなかったと思う」

「うちの猫も首輪はしてません。着けてもすぐどこかに落としてくるので」

　要はスマホで画像を見せてきた。昨日の猫とよく似た柄だ。

「死んだばあちゃんが飼ってたんです。元々外猫だったから、自由に家を出入りさせてたんですけれど。歳を取って外に出ることもなくなってたんで、油断してました」

　仕事道具の積み込み中、車に入り込み、知らぬ間に猫を遠くまで連れ出してしまったのではないかと、ここまで探しに来たようだ。

「わたしも探してみますね。実は昨日、ご飯をあげようと思って買い物に行ったら、その間にいなくなってしまって。今日は猫を見かけたら、すぐに餌で引き留めます」

　汐里は昨日コンビニで買った、キャットフードの袋を出した。

「俺はこの近くをもう少し探してみます。家の近くにはいなかったので」

「あ、お名前を教えてもらってもいいですか」

「美野です」

「ごめんなさい、猫ちゃんの方の」

「グラナ」

きまりが悪そうに俯く要を見たら、恥ずかしさが伝染してきた。彼は紙ナプキンに電話番号を記して、すぐに行ってしまった。


汐里は仕事の合間に、何度もグラナを探した。敷地内の茂み、バス会社の近くの生け垣、公園や空き地にも足を運んだが見つからない。

日が暮れて、片付けを始めようとすると、要が戻ってきた。建物の隙間や、物置の下、近所にある共同農園や、駐車場の車の下など細かに探したが、どこにもいなかったようだ。

「わたしは明日も出店するので、グラナのこと探してみますね。見つかったらすぐに連絡しますから」

明るい声を出してみるが、彼の表情は沈んだままだった。

「いえ、もういいです。たぶんもうこのまま見つからないですから」

「どうして、そんな」

「いなくなった日の朝、グラナがいつもと違ったんです。ずっと、俺が出かけようがなんだろうが関係ない、ってかんじだったのに、仕事に行こうとすると、擦りよって甘えてきました。引き留めようとするみたいに」

歩く方向に、たどたどしい足どりでついて回る。しばらくなでれば落ち着くかと思ったが、要を見上げたまま、なかなか離れようとしなかったのだそうだ。

「そろそろやばいかなと思ってはいたんです。十五過ぎてますし、ばあちゃんが昔飼ってた猫も、ある日ふらっと出て行って、それっきりだったって言ってたから。まあ、そういうことだったんでしょう」

素っ気ない言い方をして、感情を押し殺そうとしているのかもしれない。言葉を区切るごとに唇を引き結んでいる。

「わたしたちが探している間に、ひょっこりおうちに帰ってきてるといいですよね」

それ以上何も言えずにいた汐里に会釈をして、要は行ってしまった。

営業を終えた後、近くのコインパーキングに車を停め直して、汐里はまたグラナを探した。飼い主のもとを離れて静かに命を終えたいのなら、そっとしておくべきかもしれないが、もし、道迷いで帰れなくなってしまっているだけなら、助けたい。

日が完全に落ちてから気温はぐんと下がり、ぽつぽつ雨が降り始めた。いつ雪に変わってもおかしくない寒さだった。

車にあった非常用ライトで照らしながら、建物の隙間や生け垣、アパートにある物置の下などをもう一度探し回ったが、見つからなかった。

どうかもう家で暖かく過ごせていますように。汐里は要の腕に抱かれているグラナの姿を想像し、無事であることを祈った。

翌日も仕事中、餌を用意して待ち続けたが、猫は姿を現さない。店じまいをして帰ろうとすると、車の裏の茂みから葉の擦れる音がした。

この間と同じ位置だ。急に心臓が騒ぎ出す。汐里は車を降り、足音を殺して歩み寄った。

「グラナ」

そっと呼びかけても反応はない。

車から皿に盛った餌を持ってきて、距離を取って様子を窺っていると、匂いに釣られたのか、猫がのそりと表に出てきた。暗いが、背には灰色のしま模様が見える。とりあえず中におびき寄せて、要に電話だ。

近寄ると初めは身体を強ばらせたが、皿を持ち上げて注意を引きながら歩くと、大人しくついてくる。

あまり警戒していないのは、以前会ったことを覚えているからだろうか。

車の中に入ってから、灯りの下で目の色を確認した。緑だ。餌を置くと、腹を空かせていたのか、皿の中に豪快に頭を突っ込み、夢中になって食べ始めた。

すぐ傍に蓋を開けたダンボールを置く。汐里は猫を注視しながら、要に電話した。だが、何度かけても繋がらない。

ダンボールに誘導して、蓋をする？　閉じ込めるのはかわいそうだが、今グラナを解放してしまったら、もう二度と見つからなくなってしまうかもしれない。

「今だけごめんね。ちゃんとおうちに帰してあげるからね」

少しずつ皿を奥に押して、ダンボールの中に入れた。警戒する様子もなく、猫はすんなり中に収まってくれた。


要と連絡が取れないまま、三日が過ぎた。預かっているだけで、グラナはすぐにいなくなるからと、自分に言い聞かせていたにもかかわらず、汐里の部屋の本棚には猫の飼い方の本が並び、住環境が整い始めている。

大学を卒業してから、キッチンの他に一部屋の単身用アパートに住み、手狭にならないように、気をつけて暮らしていたが、一気に物が増えた。

爪とぎ、トイレ、クッション。紐の先にネズミのぬいぐるみが付いたおもちゃ。色々置いてみても、結局はダンボールが一番のお気に入りというのが悲しいが、思いがけず訪れた猫との暮らしを満喫している。

初めキッチンカーで見たときには弱っていたが、誰かが餌をあげていたのか、グラナは元気そうだった。触ろうとするとすぐに逃げてしまうが、それすらもかわいく思えるのだから、猫飼いが口々に「猫には魔力がある」と言うのも、わかるような気がする。

汐里はクッションに座って、淹れたてのチョコミントティーを飲みながら、年代物のレコードプレイヤーの蓋に鎮座した、グラナを見上げる。以前、勤めていた紅茶専門店で使われていたものだ。閉店時、オーナー夫婦からクラシックのレコードと一緒に譲り受けた。

「グラナもすっかりそこが定位置になっちゃったね。見上げたときにいなかったら、寂しくなりそう。でも、仕方ないよね」

アパートはペット禁止だ。管理人と住人たちに事情を伝え、一時的に保護する許可をもらっているが、いつまでも猫と一緒に暮らすことはできない。

「相変わらず連絡取れないな。美野くんどうしちゃったんだろう」

スマホに何度も電話をしているうちに、電源が入っていません、とアナウンスがかかるようになった。充電もしないまま、どこかに放置されているのだろうか。

汐里はグラナの食事を皿に盛った。勢いよく頭を突っ込む姿を眺めながら、要のことを思い出していた。

「そういえば、ちゃんとご飯食べてるかな」

最後に会ったとき、グラナのことで大分憔悴しているように見えた。

「実は家で倒れていて連絡がつかない、とかだったらどうしよう。美野くん、元々がりがりに痩せてるからなあ」

地域情報サイトの記事には、洋食店を営む祖母を頼りに上京したが、亡くなってからは一人暮らしをしていると、書いてあった。

「あ、そういえば」

汐里は思い立ち、改めて取材記事を開いた。

彼の祖母が経営していたレストランの名前があったはずだ。もし住居と店舗が一緒になっていれば、そこに要が住んでいる可能性が高い。キッチンカーの仕込みは、一般的な住宅ではできない。営業許可を取得した専用の厨房を使う必要があるからだ。

「ああ、どうしてわたし気づかなかったんだろう」

洋食屋よし野の名前で検索する。車なら十五分もかからずに辿り着けそうだ。

「グラナ、ごめんね。もう一回出かけてくるから、いい子にしてるんだよ」

要の所在がはっきりしないことには、連れて行けない。部屋着の上からコートを羽織ると、汐里はすぐに家を出た。

コインパーキングに車を停めて、地図を見ながら店に向かう。駅前から伸びる商店街の路地を入ったところに、洋食屋よし野はあった。

初めて来たのに懐かしさを覚えるのは、以前勤めていた紅茶専門店と重ねて見ているからだろうか。当時としてはきっと洒落ていた、煉瓦貼りの壁。真新しいオレンジのテントは、暗闇でもよく目立つ。

汐里は二階を見上げた。

客席ではなさそうだ、カーテンの隙間から灯りが漏れている。建物の脇に回り込むと庭があり、駐車場には見覚えのある黒いトラックが停めてあった。

間違いない、ここにいる。

汐里は深呼吸をしてから、インターホンを押した。しばらく待っても返事はなかったが、階段を下る軽い足音が聞こえてきた。

光南観光バスの駐車場でお世話になってる〈シュシュ〉の川澄です。緊張しながら口の中で唱えていると、ドアが開いた。寝ぐせのついた青い髪。先日見たのと同じスウェット姿の要だ。

「何か用ですか」

睨みつけられて、用意していた言葉が飛んでいく。しばらくして見覚えがある顔だと気づいたのか、要は何度か瞬きをし「川澄さん？」と困惑を浮かべた。

「突然家まで押しかけてごめんなさい。グラナが見つかったので」

「え」

それだけ言って、彼は黙り込む。

「あの、実は見つけたのは三日前だったんだけれど、連絡が取れなくて」

「グラナは今どこに？」

「うちで預かってます」

「行きます」

準備をするので一分ください、とドアが閉まった。

とりあえず、ここに住んでいてくれて助かった。一息ついたとき、要が飛び出してきた。

ペット用キャリーバッグと毛布を抱えている。

「わたし車で来ているので、横に乗ってください。帰りはちゃんと送りますから」

あっちです、と道を指し示すと、どこに車を停めているのかも知らないというのに、要は汐里を置きざりにして走り出した。

アパートの部屋の前に着くと、猫の鳴き声が聞こえてきた。玄関まで迎えに来ているのか、それとも、ドアが開いた隙に表に逃げ出そうとしているのか。

「猫が出ないように、そっと開けますね」

汐里が鍵を取り出しながら言うと、要はしゃがみ込んだ。

「俺、万が一飛び出したときに備えて、下の方見ておきます」

キャリーバッグを置き、グラナのお気に入りと思われるクリーム色の毛布を広げ始めた。

ドアを薄く開くと、暗闇の中で目が光る。

要はそのまま開けるよう、促してきた。表に飛び出そうとするグラナを、毛布にすっぽりと包み込んで、抱き上げる。暴れているようだ、毛布がでこぼこと動き出す。

二人で部屋の中に入り、鍵をかけた。

「川澄さん、キャリーバッグ開けてもらえます？」

グラナは毛布から移動して、無事にキャリーバッグの中に収まった。

「ああ、よかった。これでこの子もおうちに帰れますね」

汐里が胸をなで下ろしていると、

「あれ」

要は急に玄関に這いつくばって、バッグの中を覗き込んだ。

「グラナじゃない」

「えっ」

汐里は思わず大声を上げていた。

気まぐれ猫と過ごす夜は

キッチンでコーヒーを淹れる間、背中に汗が流れている。どうしよう。その言葉が、汐里の頭の中を忙しなく駆け巡っていた。

グラナそっくりの灰色の猫がのんきに爪を研ぐ横で、要はあぐらをかきながら、近隣エリアの迷い猫情報を調べている。

「こいつ毛艶もいいし、人間から餌をもらってた猫だと思うんですけれど、情報は出てないみたいですね。地域猫だったのかな。それでも何日も見かけなかったら、餌やりをしている人が探しそうなものだけど」

独り言のように、要は呟いた。

「帰れなくなるくらい遠くから来た可能性もありますし、まず川澄さんがここで猫を保護していることを、警察に届けた方がいいかな」

「警察？　猫を？」

「ペットって遺失物扱いになるみたいですよ。迷い猫を保護したときの連絡先って一つだけじゃないんですよね。警察以外にも、迷子ペットを預かる専門の場所や、保健所とか」

「この猫を保健所に連れて行ったりしませんよね」

最近ずっとグラナ探しをしていたからか、要は事情に明るい。

汐里は首を振った。引き取り手のいない動物たちが、一定期間経つと処分されてしまうというニュースを、以前見たことがあった。

「それは絶対にしないよ。一時的なものだけど、この部屋で猫を飼う許可をもらってるから、とりあえずうちに置いておきます」

要は同意するように頷いた。

「とりあえず俺らで、できることをやってみますか。だめならNPOの力を借りて、最悪引き取ってもらうしかないですね。どこもパンク気味ですけど」

「わたしが間違えて拾ってきちゃったから、どうにかしないと」

コーヒーを二人分淹れて、テーブルの上に置く。本当はインスタントコーヒーではなく、紅茶を飲んでほしかったが「紅茶しかないなら、飲み物は結構です」と言われてしまった。最近はコーヒー党の人が本当に多い。

要はマグカップに口をつけほんの一口飲むと、名前のわからない猫に片手を伸ばした。

「たしかにこの猫、ぱっと見グラナと似てますよ。緑の目って、特徴にもならないくらい多いんですかね」

「目の色か。わたしも、まじまじと見たことなかったかも。グラ、じゃなくて、ええと」

違うとわかったのに、グラナと呼びそうになる。汐里は自分の頬をぴしゃりと叩いた。

「ミントとかどうです？」

要が提案してきた。視線はキッチンに置いたままの、紅茶用のミントリキュールに向けられている。名前をつけたらうちの子になってしまう。そう思ったが、涼しげな毛色と瞳には、ミントという名前がぴったりだ。

「この猫、やけに肝が据わってますよね。突然知らない場所に連れてこられたわりには。前にグラナを家から引き離したときは、やばかった」

「そうなの？」

「うちのばあちゃんが亡くなったら店を取り壊すって、ずっと前から親族の話し合いで決まってたみたいなんですよ。で、俺の母親がとりあえずグラナを引き取ったんですけど」

大暴れして障子は穴だらけ、柱どころかソファやカーテン、クローゼットの洋服までもが、グラナの爪の犠牲になった。実家に様子を見に行ったときは、泥棒が入った後のような惨状だったという。一週間で要の母親のストレスは限界を突破した。結局店の処分を先に延ばし、要が猫と一緒によし野の二階で暮らすことになった。

「本当は俺、アパートで一人暮らしするはずだったんですけど。わからないものですよね。グラナがいなかったら、店はとっくになくなってるし、俺もキッチンカー始めようなんて思わなかっただろうなって」

　厨房を片付けていると、祖母が書き溜めたレシピノートを見つけた。そのときよし野の味を残そうと思い立ち、誰にも相談しないまま、預かっていた次年度分の学費や生活費、祖母が要のために遺した金まですっかり注ぎ込んで、キッチンカーを調達した。母親は激怒し、もう一切面倒は見ないと絶縁状態だそうだ。

　汐里は話を聞きながら、要の決断に衝撃を受けていた。学生だったら卒業してからキッチンカーを始めても遅くないはずなのに、思い立ったらとにかく今、なのだ。

「子どもの頃ばあちゃんに『将来は俺が店を継ぐんだ』とか、言ったりしてたみたいです。俺は全然覚えてなかったんですけど」

　孫の言葉をどのくらい真に受けていたのかはわからないが、レシピノートには「要へ」と書かれていて、それを見たら、しまい込むことができなくなったのだという。

「俺、料理なんてしたことなかったし、とりあえずスープからって思ったんですけど。すでにそこで足止めですね。よし野の常連だったじいさんから、味が全然違うって言われてるし。レシピ通りやってるつもりですけどね、どうしろってんだか」

　話に聞き入っていると、要は不意に口を閉ざした。それからなぜか不満げに眉を寄せて
「川澄さんも何か喋ってくださいよ」と迫ってきた。

「ごめんね、ちょっと意外だったから」

「いつも淡々と仕事をしてるし、わたし、美野くんってもっと、自分の腕に自信があります、ってかんじかと思ってた」

「まさか」

要は肩をすくめた。

開店したばかりですぐ、地域情報サイトで取り上げられて話題になり、売上は上々。幼い頃から祖母に料理を教わったか、仕事を見ていたかで、売れるための下地がすでにある人なのだと思い込んでいた。

「俺は川澄さん見ながら、同じこと思ってました」

「ええ？」

「紅茶を淹れる姿が職人っぽいというか。腕があるから、客に媚びたりしないんだなと」

「とんでもない、わたしは世間話が苦手なだけで」

「俺だってそうですよ」

要は薄い唇の隙間から、八重歯を覗かせた。両腕を上げて身体を伸ばし、そのまま床に倒れ込む。興味を示したのか、ミントが要に寄っていき、手の届かない絶妙な位置で丸くなった。指先で尻尾に触れようとしているが、左右に揺らして巧みにかわしている。

猫が二匹いるみたいだ。汐里がじゃれ合う姿を眺めていると、要が無邪気に笑った。

「こいつ頭いいなあ。猫によって性格って違うもんですね」

「そうなんだ？」

「俺もグラナが初めてだから、あんまり詳しくないけど。猫どころか、何やるにもわからないことだらけですしね」

　行動力に感心して、つい忘れそうになるが、彼はまだ二十一歳の学生だ。たくさんのものを背負いこんだまま、自分の足で立つのは辛くはないだろうか。汐里は学生時代のことを思い出していた。

　大学で進路に悩んだとき、手に職をつけようと決め、インターンでいくつかの飲食店を体験した。初めの仕事は元気のいい挨拶をすることだったが、いらっしゃいませの声が小さいと、毎日それればかりを注意されていた。

　喉が切れそうなくらい声を張り上げても、周りからは認めてもらえない。同時期に入ったインターンの学生が、次々に新しい仕事を教わっていく中、自分だけが足踏みしたまま、前に進めないことが苦しかった。

　挨拶もまともにできなくて、あなたには何ができるの。飲食業は向いていない。そんな風に言われて、自信をなくしてしまった汐里を受け入れてくれたのが、仕事帰りに偶然立ち寄った、紅茶専門店だった。

　掠れた声で本日のおすすめを注文すると、たっぷりの蜂蜜とレモンが添えられた、キャンディという種類の紅茶を差し出された。

そのまま一口飲んでみたが渋みはない。すでにほのかな甘みがあるのに、蜂蜜を出されたことを不思議に思っていると、喉にいいからね、と優しく声をかけられて、急に涙があふれ出して止まらなくなった。

この日のおすすめは同じスリランカが産地の、ウバという茶葉だったが、注文のときに喉の調子が悪そうだと気づき、蜂蜜に合う茶葉に変更したのだと言った。

店主からその声はどうしたの、と訊ねられ、汐里は心の底に溜め込んでいた気持ちを吐き出していた。

できないことがたくさんあるのも、習得が遅いのも悪いことじゃない。そのほうが仕事一つひとつを大切にするし、他人の気持ちもわかるようになるから。従業員の募集もしていなかったのに、汐里はその店で働かせてもらうことになった。

三代続いていた古い店だった。蔦の這う白壁の建物、なだらかな曲線を描くアンティークな家具と、レコードプレイヤー。日々曇りなく磨かれるシルバーと、中東から取り寄せたという、記念日にだけ使う陶磁器のカップ。温かな人たちに囲まれていた。

親元を離れてから、周りの大人に助けられながら、なんとかここまでやってきた。彼はどうだろう。近くに誰か、手を差し伸べてくれる人はいるのだろうか。

寝そべっている要の厚みのない腹部に目が留まった。

「美野くん、夜ご飯もう食べた？」

「いや、まだですけど」

「簡単なものしか作れないけど、よかったら、うちで食べていかない？」

勇気を出して訊いてみると、彼は驚いたように目を見開いた。それからどんな意図があるのかと、表情を窺おうとし、戸惑いながら頷いた。

夜八時を回った頃、レコードプレイヤーの上で丸くなっていたミントが起き上がり、玄関に向かった。ややあって、インターホンが鳴る。汐里がドアを開けると「また来ちゃいました」と、要が俯いたまま呟いた。

猫が表に出てしまわないように、とりあえず招き入れる。グラナ探しに加え、ミントの身元確認も始まって、汐里のアパートに要が頻繁に来るようになった。

彼は部屋に上がると、ベッドの縁に背中をつけてあぐらをかいた。ミントは要を危険ではないと認識したようで、座る場所は日々近づいている。

「美野くんご飯は？」

「まだです」

最近は自分の食事を用意するとき、一品多めに作ったり、ご飯を冷凍で残しておいたりしている。その甲斐あってか、待たせなくてもすぐに食事を出せるようになってきた。

今日は鮭フレークのチャーハンだ。要が特別に食事の感想を言うことはないが、何を出してもぺろりと平らげてしまうから、口に合わなくはないのだろう。

なんだか、猫みたいだなあ。一人と一匹が並んで食事する姿を見ていると、不思議な気持ちになってくる。

「学校の課題が全然終わらなくて、やばいんです」

青い頭が、夏の終わりのひまわりのように、くたりと折れる。

「今日中にスクラップブックを作らなきゃいけないんですけど。仕事ではデジタル制作なのに、宿題がアナログですよ。うちの学校おかしくないですか」

要は専門学校でグラフィックデザインを学んでいる。今回はファッション誌で目にする色彩の組み合わせから配色バランスを掴み、デザインに結びつけていくという課題らしい。

「川澄さん、ちょっとだけ手伝いません？」

「ええ？　わたし全然わからないよ」

「俺が印つけた写真、切り抜いてくれるだけでいいんです」

要はリュックの中から、大量の雑誌を取り出した。

「これって、今日出された課題じゃないよね」

「二週間前です」

きまりが悪そうに視線を逸らす。

「時間がなかったんですよ。グラナのこともあったし、週末のための仕込みも毎日やってるんで。学費のために稼がないと」

「未来の学費全部使っちゃったって言ってたもんね」

「その上生活費までのしかかってます。仕送り全部切られてるので」

　汐里は額に手を当てた。状況を聞いていると不安になってくるが、とにかくもう、前に進むしかない。

「それで、わたしは切り抜けばいいのね」

「本当に手伝ってくれるんですか。川澄さんっていい人ですよね」

　驚いているというよりは、呆れているようにも見える。じゃあ頼まないでよ、と言いたくなるが、事情を知ればこちらから手伝いを申し出るだろうし、結果は同じだ。

「美野くんは猫みたいだよね」

「なんですか、それ。いい人と何も繋がってないんですけど」

　眠そうな二重の目が丸くなる。ミントとそっくりだ。

　汐里は雑誌のページを指示されるまま切り抜いていった。要はそれをノートに貼り付けて、テーマカラーを揃い上げる。一日二日でこなせる量ではなさそうだった。

「美野くんのキッチンカー、目を惹くわけだよね。タペストリーもかっこいいし。きっとすごく考えられてるんだね」

「あれはクラスで案を出し合ったんですよ。俺の車なのに、自分の案が一つも通らないとか、笑えません？　センスないんですよね、俺」

「センスを獲得するまでのペースは、人それぞれなんだと思うよ」

「それだと早いやつとは差がつくばかりで、追いつけないってことじゃないですか」

絡まった前髪に指を通し、そのまま額に手を当てて、肘を突く。どこまでも悲観的だ。

「色んな経験が結びついて、ある日ぱっと才能が開花することもあるし、特別なことが起こらなくても、気づいたらそれをやっているのは自分だけ、ということもあるし」

飲食業は離職率の高い仕事だから、続けてさえいれば、できる人に分類されるようになるが、グラフィックデザイナーはわからない。話しながら自分の言葉が疑わしくなってきて、勢いも萎んでいく。

曖昧な返事を残して、要は汐里を見つめてきた。言葉が響いているのか、そうではないのか。何を考えているのか表情からは読み取れない。

「ねえ美野くん、うちのキッチンカーの看板作らない？」

「絶対嫌ですよ。それで人気出なかったら、全部俺のせいじゃないですか」

「実力を試してみるのもいいと思うけどなあ。それにわたし、パソコンが苦手でチラシもちゃんと作れないもの」

もちろんお金はちゃんと払います、と付け加えると、心が揺さぶられ始めたようで、要は唸った。しばらく俯いていたが、突然ぽんと手を打って、彼は顔を上げた。

「じゃあこういうのはどうですか。晩飯と引き換えとか」

今度は汐里の方が驚いた。これからも家に通い続けると言われているようなものだ。それに、一体あと何回料理すればいいのだろう。

汐里は今日の食費を頭の中で計算し始めていた。

「うまかったですよ、今日のチャーハン。今日だけじゃなくて、いつもうまいです」

「ごめんね、あり合わせで」

本当はそれとなく、来る前から準備をしているということは、気を遣わせるだけだから黙っておいた。

「鮭フレークがチャーハンに、こんなに合うとは思わなかったんで。あ」

「ん？」

「まさかあれ、猫缶のあまりじゃないですよね」

突然おかしなことを言い出すから、笑いが止まらなくなって、息が詰まりそうだ。汐里が視線を逃した先にミントがいて、欠伸をしながらこちらを眺めている。

「こんなに頻繁に来たら悪いなと思うんですけど、なんとなく足が川澄さんの家に向かってしまうというか。ここにいると落ち着きます」

少しくらいは彼の力になれているのだろうか。汐里は要の目を覗き込む。

「前は毎日学校の仲間と、飯食いに行ったりしてたんですけど。今はそういう気持ちにもなれないというか。馬鹿騒ぎしても焦りはなくならないし、虚しくなってくるんです。みんなは俺が色々あったの知ってるから、励まそうとしてくれてるんでしょうけど、正直それも居心地が悪くて」

　軽く頭を振って、要はため息を吐く。

「俺、性格悪いですよね。他人の厚意をうざいって思ってるなんて」

「そんなことないよ。気遣いが負担になることはわたしにも、あ、こら」

　ミントがテーブルの上に跳び乗った。雑誌を豪快に蹴り落としながら歩き、スクラップブックを温め始める。要がどかそうとすると、牙を見せて威嚇する。体に沿わせて尻尾を巻き、ふいと顔を背けた。動く気配がない。

　交替して、汐里も猫を引き剥がそうとしたが、びくともしなかった。

「構ってほしくなっちゃったのかな」

　どかすのを諦めてなでてやると、ごろごろ喉を鳴らし始める。その対応が正解だと言わんばかりの態度の違いに、つい頬が緩んでしまう。

「だめ、猫をなでると、気持ちが安らいじゃって。わたしにはもうどかせないかも」

　それを聞いた要が、珍しく声を立てて笑った。

「そういえば川澄さんって恋人いないんですか？」

「今さらそれを訊く?」

「もしいたら悪いなと思って。よく考えたら川澄さん女だし、俺、男じゃないですか」

「でも別に、わたしと美野くんは歳も離れてるし」

「いくつなんですか」

「二十八」

無遠慮な問いかけに、わざとぶっきらぼうに答えると、結構大人なんですね、と反応のしようがない言葉を残して、要は仰向けに寝転んだ。

「美野くん、そこで寝ないでね」

「寝ませんよ、子どもじゃあるまいし。俺って周りから大人だねって言われる方なんですけど。川澄さんからはどう見えます?」

「猫っぽいかなあ」

「猫」

絶句して、やっぱりあのチャーハンに入っていたのは猫缶だったんだ、と話を蒸し返すから、汐里はつい笑ってしまった。

〈シュシュ〉の看板を表に出し、アウトドア用の折りたたみベンチを車の前に広げる。週末は忙しくなるはずだと構えているからか、いつもと同じことをしているはずなのに、落ち着かない。

向かいで要も開店の準備中だ。ここのところ共有する時間が長いからか、家以外の場所で会うとくすぐったい気持ちになる。夜遅くまで一緒にいても、翌日の朝にまた顔を合わせる。店に勤めていた頃のように、仕事仲間ができた気分だった。

開店時間の十分前に、事務所から丸盆にティーカップを載せた丹羽が出てきた。汐里はキッチンカーに戻って、一足先に朝のアールグレイを用意し始めた。

「川澄ちゃん最近仲がいいよね、美野くんと」

丹羽のひやかしで茶葉をこぼしそうになった。最近とはいっても、週末は仕事に徹していて会話もないし、平日の様子は知らないはずだ。一体何を見てそう思ったのか。

「猫のことで、話したりするだけで」

誤魔化しているわけではなく、これは事実だ。汐里がしどろもどろになりながら答えると、ああ、なるほどねえと、話はあっさり要から猫へと移り変わっていく。

グラナがいなくなってから二度目の週末になるが、未だに手がかりはなく、ミントの飼い主もまた、見つからない。アパートの住人たちは理解があって、誰も苦情を言ってこないが、いつまでもその優しさに甘えているわけにもいかない。

「生き物は大変だよなあ。俺は事務所の熱帯魚すら世話ができないよ。水替えしたら魚が弱っちゃって、麗花さんがかんかんよ」

頭の上で両手の人差し指を立て、怒鳴った麗花の甲高い声を真似する。そこからは、こだわりがあるなら自分でやればいいんだ、人使いが荒すぎる、と愚痴が始まった。

汐里は相鎚を打ちながらも、ミントのことを考えていた。

もし飼い主が見つからなかったら、要が引き取るのが猫にとって良いのではないだろうか。ミントは彼が訪れるのを楽しみにしているのか、家の近くに来ると敏感に察知して、玄関まで出迎えにいくのだ。

「ああ、またあの人来たね」

丹羽の声に振り向くと、ツイードのコートを羽織った年嵩の男性が駐車場に入ってきたところだった。後ろになでつけた髪はほとんど白髪だが、ぴんと伸びた背筋が凛々しい。

彼は開店準備中の〈グラタ〉を目指して、真っ直ぐ歩いていく。

「朝一で来ちゃったかあ、きついねえ美野くんも」

「あの方と何かあったんですか？」

カウンターに乗り出して、小声で訊いてみる。

「あれ、川澄ちゃん知らないの？　あの人松本（まつもと）さんって言ってねえ、洋食屋よし野の常連客だったらしいよ。毎週必ず来て、ダメ出しするんだって。スープがまずいって」

彼が初めて訪れたのは、汐里が地域情報サイトの記者から取材を受けていたときのようだ。これはよし野の味じゃないと言って突然怒り出し、驚いた客が光南観光バスの事務所に報告、麗花が松本と話をして、その場を収めたということだった。それ以降騒ぎ立てることはなくなったが、出店日にはきまって現れるのだという。

汐里は要に目を向けた。松本が視界に入らないのか、それとも見ないようにしているのか、準備を黙々と進めている。いつも午後にはスープが売り切れてしまうから、開店前からは絶対に売らないと決めているようなのだが、その強気なスタイルも気に入らないのかもしれない。松本は腕組みしたまま、青い髪を睨みつけている。

あーあ、と丹羽が苦笑する。

「美野くんって子どもだよねえ。いちいち火花散らさないで、適当に愛想笑いでもしてればいいのにね。あれじゃあ世の中渡っていけないよ」

「でもわたし、美野くんも色々考えていると思うんです」

フォローをしてみたものの、目の前の客を立たせたまま、放置するのはどうかとも思う。

丹羽に紅茶を渡し終えた後、もどかしさを感じながら二人の様子を窺っているうちに、開店時間が迫ってきた。〈グラタ〉目当ての女性客が続々と現れて、列ができ始める。

時間ちょうどになると、要はやっと松本に声をかけた。

スープを受け取ると、彼は脇に逸れてスプーンで一口掬って飲む。それから何か言葉を発し、飲みかけのスープをカウンターの上に残してキッチンカーを離れた。

要は動じずにさっと片付け、次の注文を受ける。行列の女性たちは振り返って松本を睨みつけ、友人同士で話をしているが、こたえていないようだ。平然としている。

汐里は車を降りて、松本の背中を追いかけた。何をしたいのか自分でもわからなかったが、このまま帰らせることはできなかった。

「突然すみません」

声をかけると足を止め、彼は眉間に皺を寄せたまま振り返った。気圧されまいと手のひらを握りしめたとき、訊くべきことを思いついた。

「最近この辺で猫、見かけませんでしたか？」

「猫？」

松本は眉をひそめた。

「あの、近所の方かなと思って、声をかけさせてもらったんですけれど」

しばらくすると彼は表情を軟化させた。記憶を辿るように宙を睨み、顎に手を当てる。要に対する態度とはまるで違った。

「この近所の、よく野良猫の世話をしている人に訊いてみたらどうだろう」

その先を右に曲がって、一つ先の信号を左に曲がってと、道の説明を始めたが、緊張の極致にいた汐里には暗号のようにしか聞こえず、道順が頭に入ってこない。

松本はふと〈シュシュ〉に目を遣った。エプロンで店員だと気がついたのか「あれはなんの店だ？」と早足で車に近づいていく。汐里はまた背中を追った。

「うちは紅茶の専門店なんです」

「どこに書いてある」

「ええと、お店の前に置いてある看板に」

わからんな、とばっさり切り捨てて、カウンターの上に置いてあるメニューを手に取った。近づけたり遠ざけたりして、焦点を合わせようとしている。

「ウバは置いているか？」

「あります」

セイロンウバを知っているということは、紅茶を飲み慣れた人だ。すっと鼻を抜ける、メントールのような香りと渋みが同居した深い味わいで、一度良質なものを飲むと癖になる。〈シュシュ〉で扱っているのは一年のうちのわずかな時期にしか摘めない、ウバの特徴が強く出た茶葉だ。

「今年仕入れたウバは、大当たりなんです。ミルクはどうしますか」

「まずはストレートで。珍しいな。その辺の喫茶店には、まず置いてないだろう」

汐里は大急ぎで車に入って準備をする。

「扱っていてもオフシーズンのものだったりすると、おいしさが伝わらなくてウバを好きになってもらえないんですよね。だから、わたしも驚きました。ウバのおいしさを知っている方と会えたことに」

「妻とよく紅茶の専門店に行っていたんだ。遠くて最近は、家で飲むくらいだが。まさかこんな近くに、本格的な紅茶を扱う店があったとはな。妻の分も一つ買って行こうか。最近は、疲れるからと言って外に出たがらんのだよ。口だけは達者なんだがね」

彼の妻は七十五歳で、松本よりも五つ年上のようだ。表に連れ出したいが、身体を冷やすのもよくないと、結局こもりがちになってしまっているらしい。

「そうだ、もしよかったら、おうちで紅茶を飲むときに、試してもらいたいものが」

汐里は棚からこれまでほとんど出番のなかった、スリランカ産のシナモンスティックを取った。これをマドラー代わりにして混ぜると、紅茶に香りが入っていくのだ。

「シナモンには体を温める効果があるんです。冷えると胃腸の働きが弱くなるので、奥さまも疲れやすくなっているのかもしれません。家でミルクティーを淹れるとき、使ってみてください」

小袋に二本入れて、松本に渡した。これまでそういった飲み方をしたことがなかったようで、感心している。

「そういえば、さっきの説明で道は本当にわかったのか？」

汐里が誤魔化すように微笑むと、調べて明日住所を持ってきてやる、と言う。話をしてみれば親切な人で、要への厳しい当たりが嘘のようだ。

「あんたはちゃんとした店で働いていたんだろう？」

「以前は紅茶専門店に勤めていました。一年前、お店が閉店することになってしまって、キッチンカーを始めたんですけれど」

彼は話を聞きながら、大盛況のキッチンカーに目を遣った。だめだ、と言わんばかりに、首をゆっくり振る。

「あんたは専門家だが、それに引きかえあれはなんだ。まるで素人のスープだよ。取材でレシピノートの話を聞いたときは、あのよし野のスープがまた飲めるのかと喜んだが。あの小僧は知らんのだ、オニオングラタンスープが、魔法のスープだったことを」

「魔法のスープ？」

訊き返したが、余計なこと話しすぎたなと頭をかき、松本は紅茶のカップを二つ持って、行ってしまった。

営業後、そのまま車で大型スーパーまで買い物へ行き、片付けや翌日のための資材の補充をしているうちに、夜十時を回っていた。

翌日も仕事があるから、さすがにこの時間から要は来ないだろう。汐里が着替えを済ませて洗顔し始めたとき、それまで足元にいたミントが、すまし顔で玄関に歩いていった。

まさか。フェイスタオルで頬を包んだまま、洗面所から顔を出す。玄関マットの上で座るミントを見つめていると、程なくしてインターホンが鳴った。

恐る恐るドアを開けると、要が立っていた。

「前から思ってたんですけど、誰だか確認もしないでいきなりドア開けるのって、不用心すぎません？」

「え、だって」

確認なら、ミントがしてくれている。言い訳をしようとして呑みこんだ。要の視線が頭の先から足元まで移動する。唇がもの言いたげに開いたが、短いため息と共に、ぎゅっと結ばれた。

さすがにすっぴんは驚かせてしまったか。

「とりあえず上がってね」

まずは夕食の準備だ。汐里は早足でキッチンへ向かう。

「今日のご飯はオムライスか、親子丼か、あとは、うーん。チャーハンはこの間食べたもんね。あ、西京焼きがあったかな」

思いついたものを口にしながら、何ならすぐに出せそうかを考える。

「飯はさっき友人と食ってきました。焼き肉」

「そうなの？　じゃあ今日は宿題の手伝いすればいい？」

「違います」

汐里は振り返った。それでは一体何をしにきたのだろうか。

ミントが要を見上げて何度も鳴いている。手の甲を顔の傍に近づけると、なでろと催促するように頭を擦り寄せた。

「今日もグラナに関する進展はなかったです。対応する側も、またこいつからの電話か、って思ってますよ、きっと。俺も向こうの声、覚えてますし」

「そういえば今日ね、あの近所で野良猫をお世話してる人のこと、知ってるっていう方いたよ。もしかしたら、そこにグラナもいるかもしれないと思って」

「情報源って、まさかあのじいさん?」

要の顔が一気に曇った。

「松本さんにグラナを探している、とは言ってないよ。大丈夫」

「あの人の世話にはなりたくないです。今日、お前のスープには気持ちが入ってないって言われました。気持ちが入ってるから、あなたに出すスープはまずいんですよって言ってやろうかと思ったけど」

普段はあまり気分のむらを見せないが、今日はどこか様子がおかしい。表情を窺おうとすると、ふいと視線を逃す。

「すみません。肉食いまくったら、いらつかなくなるかと思ったんですけどだめですね」

要はミントを抱き上げた。今日は猫に会いにきたのかもしれない。身体が疲れているときは、心も疲れやすくなる。そんなとき、無邪気に寄り添ってくれる存在に救われるのだ。

グラナもきっと彼にとって、心の支えになっていたのだろう。

「そうだ、ちょっと待っててね」

汐里は要を定位置に座らせてから湯を沸かし、キッチンの棚からミントリキュールの瓶とセイロンブレンドの缶を取った。甘いものを摂れば、気分も変わるはずだ。

「前に美野くん紅茶は飲まないって言ってたけど、一口飲んでみてほしい。この紅茶は昔ね、仕事が終わった後に職場の仲間と飲んでたの」

大人しく出来上がりを待っていた要は、差し出したマグカップをしばらくの間眺めていた。やがて一口飲むと、強ばっていた表情がほどけていく。

「うま。なんですかこれ」

「ホットチョコミントティー。実はスーパーで買った茶葉で淹れてるんだけど、これが一番合うかなあって」

へえ、と今度は何が入っているのか確かめるように、匂いを嗅ぐ。

「これ、紅茶である意味がわからないんですけど」

「紅茶をベースにして作るから、さっぱりしておいしいんだよ。食後のデザート代わりにも結構いいでしょ」

「商品化しないんですか？」

「これは賄いみたいなものだから。ミントの葉も使ってないし、チョコシロップだって近所のスーパーで買っただけだし」

「いや、でもこれうまいですよ」

もう一口飲んで、頷いている。

「メニューに入れましょうよ。俺の店に来る客層にも、はまると思うんですよね。あ、そうだ」

要が急に声を上げた。

「前に看板のデザインする話ありましたよね。これ素材も映えそうだから看板メニューにして、宣伝してみたらどうですか。絶対に目を惹きますよ。これなら俺作りたいです」

ここに来たばかりのときの、気落ちした姿が嘘のようだ。デザインは夕食作りと引き換えとは聞いていたが、新メニューという条件が追加されてしまった。

「そういえば結構前ですけど、紅茶飲みたくないとか言って、すみませんでした」

要が突然、頭を下げてきた。

「このチョコミントティーで好きになってくれたなら、嬉しいな」

「いや、実は元々コーヒーよりも紅茶の方が好きなんですよ。ただ、川澄さんの淹れる紅茶を、飲みたくなかったというか」

「どうして？」

それは自分自身を嫌いだと言われるのに等しい。汐里が少なからずショックを受けていると、ややあって、要が神妙な面持ちで呟いた。

「絶対うまいに決まってるし」

「ええ？　何その理由」

「だってへこむじゃないですか。その道でずっとやってきた人の本格的なものと比べたら、俺のやってること、上っ面だけで馬鹿みたいですよ」

「そんなことない、スープがおいしくなかったら、絶対に行列なんてできないよ」

「宣伝すれば人なんていくらでも来るでしょ。あーあ。ほんと、俺って何ならできるんだろってかんじですよ」

商売を始めてすぐ人気に火がついた。それは当たり前ではなく、要だから起きた特別なことなのに、彼はわかっていない。成功を喜ぶでもなく、劣等感に苛まれている。

「車も買って学費も使い込んで、もう後戻りできないので、仕事はやりますけど」

投げやりに言って、チョコミントティーを最後まで飲みきると、要は床に転がった。指先で中途半端にちょっかいを出し、ミントから爪を立てられて、無邪気に笑う。

とりあえず、少しは元気になったみたいでよかった。汐里はほっとしつつ、空になったマグカップを持ってキッチンに向かった。

「ねえ川澄さん」

「ん？」

「眠くてだめかも。昨日ほとんど寝てなくて」

身体が温まって安心したのか、すでにまぶたが下りている。手足は重力に逆らう気力をなくしたように床を這い、もう猫に構うこともできなそうだ。

「ここで寝ちゃだめ、やめてね、絶対に帰ってね。明日もお互いに仕事だし、美野くんは朝も仕込みがあるんでしょ」

「なんか安心するんです」

聞いてる？　と腹を立てたふりでもしたかったが、無防備すぎる姿を見ると、その気も失せていく。

「十五分だけだよ。絶対に起こすからね」

床にひっくり返っている、大きな猫に言い聞かせる。返事すらないと思ったら、ものの数秒ですこやかな寝息を立て始めた。

翌日、仕事を終えた汐里は、この近所に住む猫たちの世話をしている沢木智子（さわきともこ）という女性の家に急行した。インターホンで名乗ると、ベージュのフリースにゆったりしたパンツを合わせた、五十代半ばくらいのふくよかな女性が表に出てきた。

「どうぞ入って。話は松本さんからも聞いているから安心してね」

相手に心の壁を作らせない、穏やかな声にほっとする。

　手入れの行き届いた庭の中に、入り口が引き戸の、昔ながらの木造家屋が建っていた。建物を回り込んだところに縁側があって、猫たちが自由に出入りしているようだ。

　案内された和室の座布団の上には、先客として二匹が丸くなっている。部屋のストーブをつけるとまた、廊下を渡って一匹、二匹と寄ってきた。キジトラ、ハチワレ、ミケ、そっくりな顔立ちの茶トラ数匹は、保護活動を始める前に繁殖したきょうだい猫のようだ。

　沢木は猫の載った座布団を、そのままずるずると部屋の端に引きずって、汐里のために新たな座布団を用意した。

「すごいことになってるでしょう。猫が猫を連れてくるから、いつの間にかここが社交場になってしまって、大変なのよね」

　そう言いながらも、困っているようには見えなかった。

「あなたが探してるのって、サバ白でしょう？」

「そうなんです。サバ白の老猫です」

「最近見ないのよねえ。前はちょこちょこ来ていたみたいなんだけど。実はうちのおばあちゃんの方が猫たちに詳しいの。今風邪をこじらせて入院しちゃってるんだけど。タイミング悪くてごめんねえ」

「こちらこそ、大変なときにすみません」

　頭を下げると、沢木は目尻に皺を寄せて、腰を押さえながら立ち上がった。おばあちゃんというのは、今年八十五になる彼女の母親のことだ。元々地域猫たちの世話をしていたのは母親の方だったが、最近は身体が弱くなってきて、沢木が手伝いをしているらしい。

彼女は棚からアルバムを取り出して、テーブルの上で開く。この家の庭に来た猫たちが、餌を食べたり、くつろいだりする写真が収められていた。

「おばあちゃんが入院してから、顔を出さなくなっちゃった子も結構いてね」

午後から夕方にかけての時間で、サバ白の写真を探しておいてくれたのか、ページの隅に付箋が貼られている。写真の中に灰色のしま模様を見つけて、汐里はあっと声を上げた。

後ろ姿でピントも甘いが、ミントによく似ている。汐里は家で撮った写真と、背中の柄の入り方を見比べる。尻尾のしまの本数が同じだ。顔が写っているものなど複数確認して、ミントに間違いないことがわかった。この地域で暮らしていた猫だったのだ。

「どうしよう。この子、今うちにいます」

汐里は知人の飼い猫を探しているとき、間違えてよく似た柄だったミントを連れて帰ってしまったことを打ち明けた。

「松本さんから話を聞いた後、NPOの知り合いと電話をしたんだけれど、この近所で今、誰かが猫を探しているっていう話は入ってきてないのよね。だからもし可能なら、川澄さんがそのまま飼ってあげるといいと思うんだけど。でも、一時的な保護のつもりだったんでしょう？　家での暮らしにどのくらい順応してる？」

「もう、かなり人との暮らしに慣れていると思います」

拾ってきたばかりの頃なら、ドアを開けたら逃げ出してしまっていたかもしれないが、今は出かけるときも玄関で座って見送ってくれる。あの家はもう、ミントにとっての安心できる場所になっているのに、今さら追い出すことだけは絶対にしたくない。

「そうか。ちょっとその地域猫をどうするのかも考えないとね。それで、最初に探してた、お友だちのサバ白がいないのよね」

もう一度写真に戻って、ミントとは異なる柄のサバ白を探すが、見つからなかった。

「いないみたいです。どこに行っちゃったんでしょうか」

汐里はアルバムを閉じた。

「こればっかりはねえ。弱ってくると猫は隠れてしまうから。うんと近くにいても、空き家の庭だとか、物置の下にいると見つからないこともあるからね。餌がもらえる場所で保護されていれば、無事かもしれないけれど。外だと食べ物がね」

長年ペットフードで育ってきた猫は、魚や肉などを見ても、口にしないという。生まれながらの野良猫と違い、自力で食料の調達をしたことがないと、人から餌をもらわなければ、生きられないのだと聞いて、気持ちが沈む。元々弱った状態なのに、水を飲むだけで何週間も耐え続けられるとは思えない。

動物病院にも連絡してみるからね、と沢木は言ったが、もしそこで誰かの連れてきた迷い猫を診察したことがあれば、警察や保護施設に連絡しているだろうし、そうであれば要がもう見つけているはずだった。口では「もう諦めていますけど」というくせに、要は毎日欠かさず確認している。

「何かあったらいつでも力になるからね」

励ますように明るい声で言って、沢木はチーズケーキとコーヒーを出してくれた。

夕飯の買い物を終えて、汐里が自宅アパートに辿り着いた頃には午後九時を回っていた。売上の集計だけ済ませたら寝てしまい、後のことは明日の自分に委ねよう。そう考えながら階段を上がると、部屋のドアの前で、膝を抱えて座り込んでいる人が見えた。

要だ。顔を突っ伏して、足音にも反応しない。確認することさえ面倒になるほど、長時間待ち続けていたのだろうか。

「美野くん」

しゃがんで肩を叩くと、要は顔を上げた。

「ただいま、遅くなってごめんね」

「寝てたんで大丈夫です。ミントがたぶん玄関に」

汐里は鞄から鍵を取り出した。

「ミントは任せてください」

要はその場にしゃがみ込む。捕まえるための準備だが、ドアが開いてもミントはこちらを見上げて、餌を出せと訴えるように鳴くだけで、表に出ようとしなかった。部屋の中に折り返し、我がもの顔で奥へ進んでいく。

「すっかりこの家の住人ですね」

ミントを追いかけて、要が先に部屋に上がった。

すっかりこの家の住人といえば、彼もそうだ。夜に訪れてくることも互いにとって当たり前になってしまい、もうこの部屋にいることに違和感はない。

「今日も晩飯食べたいって言ったら、わがままですか？」

要は振り返って、縋るような目で汐里の顔を覗き込んできた。

もしミントがいなくなってしまったら、遅からず彼もいなくなるだろう。これまでのように、他人同士に戻るということが、想像できなかった。暮らしの中に入り込んだものたちがいなくなるのは、どんな気分なのだろう。

実家を出て一人暮らしを始めたときは、寂しさよりも自由になれた喜びの方が大きかった。二十代半ばを過ぎると、地元の友人たちは次々に結婚して家庭に収まっていったが、仕事に夢中で焦りすら感じなかった。ときどき実家に帰っても、結婚を急かされるばかりで、忙しさを理由に帰省をやめたら、気持ちが楽になった。これまで一人が寂しいと思ったことなんて、一度もなかったのに。

「川澄さん？」

汐里は名前を呼ばれてはっとした。

ミントが足元に纏わりついて、餌の催促を始めていた。遊び相手は要でも、餌は汐里からしか出てこないということを、ちゃんと覚えている。

「ご飯ね。今用意するからちょっと待ってね」

「今日は何作るんですか？」

ミントに声をかけたはずなのに、要が反応した。

「何がいい、美野くん」

「川澄さんが食べたいもので」

帰りが遅くとも、誰かと食事をしてから帰ってきたとは思わないらしい。

汐里はまずミントの餌を皿に出した。完食するのを見届けてから、今日の成果を要に伝えた。ミントがどこから来た猫なのかはっきりしたことに、安心したようだった。

「わたし引越ししようかなって、ちょっと考えてる。ミントを連れて来ちゃった責任を取らないと」

「俺の家で飼います？」

「いいの？　ミントは美野くんにすごくなついてるから、それなら安心できるけど」

「川澄さんも来てくれるんですよね」

「なんで？」

「なんでって、ミントを連れて来ちゃった責任取らないとって、今自分で言ったじゃないですか」

　真顔で一体何を言い出すのかと、汐里は狼狽えた。恋人でもないし、友人といえるかどうかも怪しい相手と同居はさすがにまずい。しかも、相手は学生だ。

「とりあえず、ペット可の物件を探してみるね」

　答えを濁すと、要はベッドの上に腹這いになって、スマホを触り始めた。その傍らには、いつの間にかミントがいて、画面を覗き込んでいる。

　今のは冗談だったのだろうか。ミントと要のいる生活は、今の暮らしの延長にあって、一人きりになることより簡単に思い描けてしまう。一ヶ月前には想像すらできなかった。

「そうだ川澄さん、今度うちに来てくれません？　ちょっと飲んでみてほしいんですよね。俺のオニオングラタンスープ」

　ベッドからのんきな声がする。それは家の下見も兼ねて、ということなのだろうか。訊きたい気もしたが、深く突っ込むのはやめにした。

　洋食屋よし野のドアはクローズの看板がかかっていたが、薄く開いていた。汐里が恐る恐るドアを押すと、店の中から芳ばしい玉ねぎの香りがあふれ出してきた。入り口すぐの場所がオープンキッチンで、中には仕事着の黒いシャツに身を包んだ要がいた。

「とりあえず荷物、適当に置いてください」

要は客席を指した。奥の壁際にゆったりと落ち着けそうな四名席が二つ、窓側にはカウンターが四席並び、その間には二名席が三つの十八席。広さに対してゆとりのある設計だ。自分のことにはあまり構わない割には、入り口脇のパキラや、窓辺に並んだポトスの葉はぴんと張っている。テーブルや椅子は拭き上げてあり、埃っぽさもない。

上着を椅子にかけると、汐里はウエスタンドアからキッチンに入った。客席だけではなくこちらまで、手入れが行き届いていた。几帳面とは言い難い要の性格を考えると、意外なことばかりだが、それだけここが彼にとって特別な場所ということでもある。

人の出入りがなくなると、店は急激に古びていく。紅茶専門店の閉店でそれを経験したばかりで、汐里はよく知っていた。

要に後ろから近づく。二つ並んだフライパンの飴色の玉ねぎからは、湯気が立っている。

「すごい量だね」

「これでもまだ足りないです。とにかく炒めるのに時間がいるんで、毎日こつこつ作り溜めて、週末まで冷凍しておくんです」

「うちにご飯食べにきたりしてて、大丈夫なの？」

「仕込みは大体朝なんで。最近夜は川澄さんちで晩飯食って、そのあと学校の課題やるっていうサイクルになってきました」

「忙しいんだね。わたしばっかりのんびりしててすみません」

「そこ謝るとこなんですか？　川澄さんのいいところじゃないですか」

　要は話しながらも、玉ねぎを混ぜ続けている。

「本当に二時間かけて炒めるんだね」

「短縮も考えて色々試したんですけれど、やっぱり長時間炒めたほうが、甘さ以外の旨みもしっかり出るんです。昔ばあちゃんが、玉ねぎはそれ自体がスープの味になるから、手を抜いて炒めたら味が変わるって言ってたのを思い出したんです。俺はこれしかできないので、少しくらい手をかけておこうと」

　汐里はレシピノートを渡された。玉ねぎを炒めた後は、精肉店に頼んで作ってもらっている、特製ベーコンと合わせて煮込み、スープのベースにするようだ。レシピの下にはスパイスが羅列してあった。これを合わせて味を作るということだろうか。ぱらぱらとページを捲る。どれも材料がシンプルだった。こういった料理の方が作り手によって味が変わりやすく、難しいのかもしれない。

「そういえば松本さんがね、よし野のスープは、魔法のスープだって言ってたよ」

「魔法？　特別にうまいってことですか」

「ごめん、詳しくはわからないんだ」

「スパイスですかね。適量ってのが、くせものなんですよね。人によって違いませんか」

要はレシピのいたるところに書かれている、適量の文字を見せてきた。

「材料は、ばあちゃんが前に頼んでたところから、そのまま仕入れてるんですよ。それだけで同じものが作れたら、料理人いる意味なくなるんで、あれですけど」

「それにしても、随分たくさんのスパイスを使ってたんだね」

汐里はキッチンの棚にずらりと並んだ、香辛料の瓶を見て驚いた。三十種類以上はありそうだ。小瓶を一つ手に取ると、ディルと書いてあった。魚料理に添えられることの多いハーブだ。名前は知っているが、使ったことはない。

「あのオニオングラタンスープにも、スパイスはかなり使ってます。複雑な味が好きだって言ってくれる人も結構多いんですけど、実は毎回分量が違うんです。それで、川澄さんに味を見てもらおうかと」

「え、わたし？　全然詳しくないよ」

「川澄さんの作る料理って、なぜかばあちゃん思い出すんですよね。ばあちゃんのチャーハンなんて食べたことないし、どこが共通してるのか、俺もよくわからないんですけど」

スープのヒントを求めて、毎晩夕食を食べにきていたということだろうか。もう少し早くその情報を知っていれば、特価品の組み合わせばかりではなく、凝ったものだって作ったのに。スピード重視の料理ばかり出していたことが、申し訳なくなってくる。

「いくつか味のパターンを作るので、飲んでみてください」

要は小鍋の中に炒めたばかりの玉ねぎを入れ、ベーコンを合わせて火にかける。それからレシピにあった十五種類のスパイスをブレンドしたものを足して、スープを作った。焼きたてのバゲットを入れてグラナパダーノチーズを載せ、バーナーで軽く表面を炙る。

「まずはこれ、最近こんなかんじです」

ココットに試飲用のスープを取り分けると、一つ渡された。

立ち昇る湯気にさえ、香辛料のつんとした香りを感じる。スープの表面には粒が浮かんでいた。器の縁に付いている赤い粉はパプリカだろうか。

汐里は早速、スプーンで掬い取った。以前一度だけ〈グラタ〉のスープを飲んだことがあったが、印象はあまり変わらない。玉ねぎの甘さにスパイスが複雑に合わさった独創的なスープだが、パンやチーズが加わると、不思議と味がまとまる。この個性が魅力なのだと、取材をきっかけに人気に火がついたとき、すぐに納得した。

「おいしいよ。スパイスの配合はよし野のオリジナルと違うのかもしれないけど、ちょっと飲んだことのない味というか」

「そうですか？」

「でも。あの」

ここでレシピノートを見てから、気になっていることがある。

「はっきり言っていいですよ、褒めてほしいわけじゃなくて、意見を聞きたいので」

「やっぱりこれは、美野くんのおばあさまの味とは、違うのかなとも思う。わたしは、よし野のスープを飲んだことはないんだけど」

「どうしてそう思うんですか？」

要は目を丸くした。

「このスープはメインディッシュとしてはおいしいけれど、前菜として出したとき他の食事に合うかとか、常連のお客さまが毎日飲むスープかって考えたとき、どうなんだろうって思って」

「たしかに」

要はスープを置いて、レシピに目を落とした。腕組みして考えこんでいる。

「毎日飲める前菜用のスープっていうと、薄味ですかね。いつもラーメン食ってるやつが、あっさりしてると飽きがこないって言ってたし。いやでも、よし野のスープは違うよな。なんだろ、あの大量な種類のスパイス」

首を傾けたまま、宙を睨みつけている。

「紅茶、淹れようか。朝からずっと仕込みしてたんでしょう、一回リフレッシュするといいかも」

汐里は客席に置いてあった自分の荷物を持ってきた。茶葉を小分けにした、いくつかの缶と、カットレモンを出す。頭をすっきりさせたいときは、柑橘の香りがついた茶葉がレモンと好相性の、アールグレイに限る。

「わざわざレモン持ってきたんですか」

「そのときによって、飲みたいものとか、作りたいものも変わるかなと思って。家だといつもチョコミントばっかりだから、たまには」

保冷バッグを開いて、シナモンスティックや、フルーツジャム、生姜、生クリームなどを見せる。要は唖然としていた。

ミルクパンを借りて、湯を沸かす。準備をする間、要はずっと横にいて手元を眺めている。湯を沸かしてサーバーに入れ、味が出たら、温めておいたティーカップに紅茶を注ぎ、レモンを浸す。ティースプーンで軽く混ぜて、香りが移ってから取り出した。浸したままにしておくと、皮の苦みが強く出すぎて、紅茶の風味が飛んでしまう。

「うま。レモンティーでさえ、そこらで飲むのと違いますよね」

「レモン入れると渋くなりやすいから、茶葉自体も渋みが出にくいものを選んでるんだ。そうすると、さっぱり感が際立つし」

「ふうん、色々奥が深いですね」

「レモンの成分にはリフレッシュ効果があるんだ。宿題で疲れてるときにも、いいかもしれないね。簡単に作れるし」

「効果か。味が変わるってこと以外、考えたことなかったですね」

「わたしもそうだったよ。でも、前に働いていた紅茶専門店のオーナーが、その人のための一杯を考えて淹れることが大好きだったんだ。喉を痛めているとき、レモンと蜂蜜が添えられた紅茶を出してもらったことがあって、そのときは思わず泣いちゃった。仕事で怒られてばっかりで苦しかった時期だったの。でも、優しさに救われたから、わたしもこの仕事をしたいって思ったんだ」

それまでは紅茶が特別に好きということもなかったのだと言うと、要は意外そうだった。

「そうだ、よかったらこのレモンティーの茶葉、美野くんの家に少し置いて」

「川澄さん」

要は急に切羽詰まった声を出し、言葉を遮った。何か話し始めるのかと待ってみたが、それっきり黙り込んだままだ。

「どうしたの？」

汐里が問いかけると、要は顔を上げた。

「話を遮ってすみません、でも、似てませんか」

「似てるって、何が？」

「紅茶とスパイスですよ」

言われてみて、はっとした。アレンジで効能を考える工程は、スパイスの調合と似た部分もあるかもしれない。

「俺、川澄さんの話を聞いて思い出したんですけど。ばあちゃんの客って高齢者ばかりで、病気だとか、身体の痛むところとか、そういう話をいつもしてたんですよ。それを少しでも助けようとして、スパイスを集めるようになったのかと」

「え、じゃあもしかして」

汐里はキッチンの棚に並んだ瓶に目を遣った。

「レシピに書いてあったスパイスって、必ず全部を配合していたわけじゃなくて、その人に合わせて入れるものを変えていたとか」

「それだ、たぶんそれですよ」

突然、正面から両肩をがっしりと掴まれた。驚きで硬直する汐里を取り残し、要はノートに向き直って、猛然とページを捲り始めた。

「そうか、レシピごとに書いてある膨大なスパイスは、その料理に合うものの一覧で、この中から自分で選ぶってことだったのか」

独り言を呟きながら、レシピに真剣な目を向けている。

寒い日にはまずは体が温まるものを、胃腸が弱い人には食欲を増進させるものを入れる。いつも顔を合わせている相手だからこそ理解できる、細やかな変化を捉えたスープを、松本は魔法という言葉で言い表していたのではないだろうか。

「これが正解かどうかは、松本のじいさんで実験してみるしかないですね。あの人しか答えはわからないですし」

「とりあえず、一歩前進だね」

喜ぶのはまだ早いのかもしれないが、要の顔を見ているとつい頬が緩んできてしまう。

「川澄さんいなかったら、俺、このスパイスの意味に一生気づかなかったです」

「わたしだって、美野くんが誰かのために淹れる一杯とスパイスを結びつけてくれなかったら、ずっと気づかなかったよ」

手柄を譲り合って笑う。一人で仕事をするようになって、ずっと忘れていた。誰かと一緒に悩んで、答えに辿り着いたとき、嬉しさが倍になることを。

「さて、もう一回やりますかね」

要は冷めかけた紅茶を飲み干して、小鍋を用意し始めた。

「わたしもまたキッチン借りてもいい？　今日家から色々な材料を持ってきたのには、わけがあって」

汐里は鞄からもう一度、保冷バッグとサーバーや茶葉などを取り出した。

「あのね、美野くん。新しい商品に挑戦してみることにしたんだ。キッチンカー用のアイスチョコミントティー。淹れてみるから、感想聞かせてほしい」

「それなら俺よりも、光南観光バスの人の方がいいんじゃ。事務の佐久間さんが紅茶党じゃないですか」

「最初はどうしても美野くんに飲んでもらいたくて。美野くんがおいしいって言ってくれたら、自信を持って出せるような気がするんだ」

突然、彼は目を泳がせた。

「どうせ何飲んでも、うまいしか言えないですよ。川澄さんの淹れる紅茶は、飲まなくたってうまいってわかってるし」

汐里が引かずに準備を始めると、要は観念してコンロに向き直った。

「とりあえずスープ、何種類かサンプル作ります。実際に飲んでもらった方がいいと思うので」

「じゃあわたしは、その間に紅茶淹れるね」

「これ終わったら二階に行きませんか？　部屋は死ぬほど荒れてますけど。一応広さとか環境、どんなかんじか知っておいてもらいたくて」

同居の誘いは本気だったということなのだろうか。今度は汐里が動揺する番だった。

何を思えばよいのかわからないまま、ミルクパンに水を入れ、コンロの火にかけた。すぐ隣には新たなオニオングラタンスープを作る要がいる。

リスタート・愛される店になるために

紅茶専門店〈シュシュ〉には、新商品のメルトミントティーの看板が立て掛けられている。ぽってりした半生クリームの上には、猫を模(かたど)ったチョコ細工、背景のミントグリーンのカラーに合わせた、蛍光色の文字が鮮やかで、見るたびに汐里の心が躍る。

要の提案を受けて、車体の色もミントグリーンにした。ラッピングという、フィルムを貼ってボディカラーを変える方法だ。塗装より安いとはいえ出費は痛手だし、売上にどのくらいの効果が出るのかも未知数だったが、気に入っている。正式に新しい家族として迎えることを決めた、ミントの目の色と同じだ。

開店時間の少し前に、松本が白髪の女性を連れて、駐車場に現れた。要のキッチンカーに向かうのかと思ったが、真っ直ぐ汐里の方へ近づいてくる。

「おはようございます」

笑顔を向けると松本は「店が変わったのかと思ったよ」と車や看板を見回した。

前よりもずっと目立つようになったと褒められて、要のデザインだと言いたかったが、余計なことをして関係をこじらせたくなかったから、黙っているしかない。

「今日は妻を連れてきたんだ。どうしても、淹れたてが飲みたいと言ってな」

汐里がショップカードを渡すと松本の妻は、由美子（ゆみこ）ですと、会釈する。落ち着いた色調のロングコートにブーツ、手袋と完全な防寒仕様で、首元には差し色に鮮やかなグリーンのストールを巻いている。ショートヘアがよく似合う、華やいだ雰囲気の人だった。

ここで紅茶を飲むために、少し特別な身支度をしてきてくれたのだと知ると、専門店で働いていたときのことを思い出し、身の引き締まる思いだった。

「ウバ茶を二つでよろしいですか」

汐里がオーダーを確認すると「あら？」と明るい声が上がった。

「パフェみたいに見えるけど、これも紅茶なの？」

由美子はメルトミントティーの看板を指している。十代二十代の女性客を取り込むための商品だったが、興味を持ってくれたようだ。

「実は今日からの新商品なんです。セイロンブレンドをベースにしたアールグレイを、自家製ミントシロップで香り付けしたものに、半生クリームとチョコを載せる、デザートみたいに甘い紅茶なんですけれど」

「それじゃあ、そのメルトミントティーをいただきながら、ウバをストレートで飲んだらいいわね。夫の分と二つずつちょうだい」

「何言ってるんだ、両方とも飲み物だぞ」

松本の指摘が入ったが「いいじゃないですか、たまには」と由美子は動じない。結局、両方買うことに決まり、汐里は思わず喜びを前面に出していた。発売初日の一杯目を紅茶が好きな人に飲んでもらえるなんて、願ってもないことだ。

「わたし甘いもの好きなのよ。ほら、ウバの渋みって、ケーキを食べるときでも口の中をさっぱりさせてくれるじゃない？」

紅茶を準備する間にも由美子との会話が弾む。和やかなひとときを過ごしていると、向かいのキッチンカーから要が降りて、〈シュシュ〉に来た。

「あの」

「なんだ」

呼びかけられて、松本の表情がみるみる強張っていく。

「メルトミントティーの前に、うちのスープ飲んでいってくれませんか」

「なぜ金を払って、またあのスープを飲まなきゃならないんだ」

「理由は飲めばわかります」

機嫌の悪い人に対して、高圧的な物言いで大丈夫だろうか。あまりの緊張感に汐里が硬直しているというのに、由美子は微笑んでいる。

「ほら、若い子が一生懸命声をかけてくれたんだから、行ってきなさいよ」

妻には逆らえないようだ。背中を押されると、彼は渋々〈グラタ〉へ向かい、すでにでき始めていた列の最後尾に並ぶ。

「今の青い髪の子、洋食屋よし野さんのところのお孫さんなんでしょ？」

由美子が訊いてきた。

「おうちでも美野くんの話とか、されていたんですか？」

「聞くのも嫌になるくらいしてるわよ。毎週買いに行って、あのスープはだめだって怒りながら帰ってくるのよ。行くのやめたらって、何度も言ったんだけど、きかないの」

汐里は〈グラタ〉に目を向ける。松本は女性だらけの行列の中で仁王立ちし、背中に威圧感を滲ませている。

「きっとうちの夫は心配しているのね、彼のことを」

「え？」

「どんな商売でも波があるでしょう。船出があまり良すぎると、それが自分にとっての当たり前になってしまって、少し波が立っただけで、航海をやめてしまいたくなるんだって言ってね。自分のような経験をさせたくなくて、厳しく当たっているんでしょうけれど。本当に不器用な人、あれじゃ伝わらないわ」

彼女は弱い笑みを浮かべている。

松本は三十五歳で脱サラしてから、三十年間花屋を経営していたようだ。開業したのは経済が好景気に沸いていた頃で、苦労せずとも花が売れていた。しばらくして景気が一転すると、仕入れる品種を変更したり、数を抑えたりと、堅実な商売に舵を切ったが、なかなか赤字から抜けることができなかったようだ。

「右も左もわからないまま商売を始めて、すぐに勤めていた頃よりお金を稼げるようになったから、調子に乗ってしまったのよね。あの人はよく失敗もしたし、景気が悪くなってからは本当に大変だったのよ」

今だから笑い話だけれど、と由美子は夫の背中を見つめる。

得意先が離れていっても、景気のせいにして客離れの理由を探ろうとしなかった。だが、開店時からの常連客に突如「これだけ何度も注文をしているのに、あなたはこちらのことを何もわかっていない」と叱責され、目が覚めたのだそうだ。

マイナスからの再スタートとなった。軌道に乗るまでは由美子が外で働いて家計を支え、経営の赤字を補填していたが、精神的にも厳しい暮らしが何年も続いたのだと言った。

「そうですよね。良いことばかりが、続くわけないんですよね」

汐里は言葉を胸に刻み込む。

「でもね、悪いことばかりが続くわけでもないからね。歳を取ると少しずつ色んなことをわかるようになって、良し悪しの価値観が変わるだけなのかもしれないけれど」

ふと、頭の中をインターン時代の記憶が過ぎる。何をやっても上手くできずに、毎日繰り返し叱られては、一人で泣いていた。あの頃は自分自身が否定されているのだと思い、俯いてばかりだったが、今ならば、違う受け止め方もできるのだろうか。

要には逃げずに相手と向き合える、強さがある。汐里は想いが届くことを祈りながら、二人のことを見守った。

松本はスープを受け取ると、そのまま〈シュシュ〉に戻ってきた。眉間に皺が寄り、頬が紅潮している。

「あの小僧、突然持病を訊いて、私を老人扱いしてきやがった。悪いところがあるように見えるというのか、失礼なやつだ」

「若い人たちの気遣いを感謝しなきゃだめよ。あなたちゃんと歳を自覚して、もう七十なんだから」

妻に窘められて、松本は鼻を鳴らす。

汐里はそっと、カウンターに置かれたスープを上から覗く。先日二人で少しだけ、よし野に置いてあるスパイスについて勉強会をしたが、要は今日、何を使ったのだろう。

「あなたが食べないなら、わたしがいただくわね、スープが冷めちゃう」

由美子が器を取って、ぱっと顔を輝かせる。

「すごくいい匂い。懐かしいわね、よし野のオニオングラタンスープ」

「それはよし野のスープじゃない。何度も飲んで、私はあの小僧の作るスープの味をよく知って、ん？」

松本はまじまじとスープを見つめる。由美子から器を受け取って、風で流れていきそうになる湯気を扇いで引き寄せながら、匂いを嗅いでいる。

何かが違うと気づいたのだろうか。汐里の鼓動が速くなっていく。他人事のはずなのに、いつの間にか手のひらを握りしめていた。

スプーンで掬って、琥珀色のスープを眺めていたが、ようやく一口含んだ。少し考えるような素振りを見せ、もう一口。よくかき混ぜて更に飲むと、松本は振り返った。もの言いたげな視線を〈グラタ〉に向けている。

「美野くん、おばあさまのスープの秘密を探っていました。よし野の味を知っているのは、松本さんだけだから、飲んでほしかったんだと思います。今までと何か変わりましたか」

汐里は恐る恐る訊いてみたが、返事はない。しばらくして松本は、スープをカウンターの上に置いた。

「これに何が入ってるか、あんたにはわかるか」

器に顔を寄せると、ふわりとガーリックの香りがした。よし野にあったスパイスの小瓶を思い浮かべながら、粒の細かさや色も参考にして予測する。

「ガーリックの他に、オレガノ、セージ、チーズにかかっている白っぽい粉が、白コショウじゃないかと思います」

「ほう？」

「健康を維持するための、長寿スパイスセットかもしれません」

汐里が勢いに圧されながら小声で言うと、松本は顔を上げ、再び要のキッチンカーを振り返る。カウンターから器を取ると、スープをよく吸ったバゲットを、スプーンで力任せに切り始めた。

「気に入らないならまた来週どうぞ、なんて言ってるんだ」

「あなたが素直においしいって言えないから、そんな言い方されるんでしょう」

由美子からの厳しい一言に、松本の顔が渋くなる。

「もし松本さんが気に入るスープが出てきた日には、伝えてあげてください。顔や態度には出さないけれど、美野くんって自分に全然自信がなくて。だから人よりもたくさん努力ができるんだとは思いますけれど、大切な人からの言葉で、何か変わると思うんです」

汐里が頭を下げると「そのために私はあと何年あの小僧のスープに付き合えばいいんだ」とぼやいたが、いつもとは様子が違った。スプーンを口に運ぶ手が止まらない。はっきりと言葉にしないだけで、このスープを気に入っているのかもしれない。

初めてのメルトミントティーを淹れる時間がきた。サーバーを並べて、ウバとセイロンブレンドの葉を落とす。由美子が好奇心に目を輝かせて、茶葉が開くのを待っている。ミントシロップ、半生クリーム、トッピング用のミントの葉と、チョコ細工を用意する。

カップに氷を入れて振り返ると、松本夫妻の後ろに高校生くらいの女の子二人組が並んでいた。それを見て、また学生らしき男女が並ぶ。初めての光景だ。丸盆を携え、普段よりやや遅れてアールグレイを買いに来た丹羽も、驚いている。

「ありがとうございました。またお二人でぜひ」

ゆっくり話をしたかったが、松本夫妻は気を利かせて列からずれた。次のオーダーを聞くと、二人ともメルトミントティーだ。要の作った看板と、この車のおかげだ。

午後二時を回り〈シュシュ〉に十人以上の列ができた。何杯分もの茶葉を管理しながら仕事をするのは、店で働いていたとき以来だ。

いつもなら車の中で昼寝をしている要はこの日、〈シュシュ〉の行列に並ぶ人の注文を取ったり、会計をしたり、さらには洗いものまで手伝ってくれた。

日が暮れて、慌ただしく一日の営業を終えたが、まだ気が張り詰めたままだった。

「まさか初日でここまで売れるとは」

看板を車に積み込んで、要は丸椅子に座った。冷蔵庫を開けて、材料の残り具合を確認している。

「猫のチョコ細工、もうほとんど残ってないですね」

「美野くんが一週間分まとめて作ろうって言ってくれて、よかった。わたしが最初に考えていた量しか作らなかったら、すぐに売り切れになっていたと思う」

汐里は売上ノートに目を落とした。今日だけで何日分だろう。信じられない思いだった。

「きっと美野くんの作ってくれた看板がよかったんだね。チョコ細工のアイデアも。みんな紅茶持って、車と一緒に写真撮ってたし」

何をやってもだめだと嘆いていたが、要のアイデアやデザインだってきちんと評価されている。それに今日は猫を模ったチョコのおかげで、新規客との会話も弾んだ。

実は自宅で飼っている猫がミントという名前だということ、メルトミントティーが以前働いていた店で、店員に向けて作っていた紅茶をアレンジしたものだということ、そこから話がさらに広がって、〈シュシュ〉で仕入れている茶葉の話をすると、今度はストレートの紅茶を飲みたいと言ってもらえた。

「これからもっと流行りますよ。ほんとは俺も一杯飲みたかったけど」

「いつもの温かいチョコミントティー淹れようか？　半生クリームは品切れだけど、ミルクならあるから作れるよ」

「帰って、晩飯食ってからがいいです」

初めは数日に一度だったのに、気づけば一日置きになり、いつの間にか要が毎晩家に来るのが当たり前になってしまった。そういえば、今日は慌ただしかったから、まだ夕飯の献立を何も考えていない。

「これ、一杯ずつ淹れるの大変すぎません？　洗いもの考えると一人じゃ捌けませんよ」

「淹れたてのおいしさを知っているだけに、アイスでも作り置きはできないというか」

「そりゃそうかもしれませんけど。ここを目指して来た人はある程度は待ってくれますけど、偶然立ち寄った人は列の進み具合を見て、並ぶかどうか決めますからね。時間かかると飲んでもらえなくなりますよ」

「実際に販売してみると、課題が出てくるんだね」

　もっとたくさんの人に紅茶を飲んでもらいたい。そう思って仕事をしていたはずなのに、行列にどう対処するのかを、一度も考えたことがなかったなんて、恥ずかしい。

　汐里がキッチン周りの拭き上げをして、閉店の準備を進めていると、駐車場にバスが一台戻ってきた。降りてきたのは東京第三営業所の若手運転士、加賀谷だ。季節外れの日焼け肌が、一週間の沖縄新婚旅行が充実していたことを物語っている。

　仕事に復帰してすぐに、味巡りをテーマにした一週間のグルメバス旅行の運転手を務め、その後は休み期間中の仕事をサポートしていた東京第一営業所へ手伝いに行っていた。しばらくはすれ違いで、顔を見るのも久しぶりだった。

　一旦事務所に戻ると、加賀谷はハイビスカスとシーサーが印刷された紙袋を持って、汐里のところに来た。

「川澄さーん、沖縄のお土産遅くなってすみませんでした。会ったら直接渡そうと思ってたんですけれど」

紙袋の中には沖縄土産の鉄板、ちんすこうの大袋が入っている。紅茶のお供にちょうどよさそうだ。

「あっごめん、美野くんのはない。もしあれなら川澄さんにちょっと分けてもらって？」

加賀谷は悪びれる様子もなく言う。要は無言で頭を下げた。

一緒に過ごす時間が長くなり、少しずつ要の気分を掴めるようになってきた。家に来たときにでも、半分持たせよう。

「大変でしたね、お休みの分の仕事。かなり長期間いなかったですよね」

「ずっとこき使われてたからなあ。最近いつも帰りまで遅くて。でも、家に早く帰れたら、それはそれで大変だからなあ」

目線を遠くに泳がせて、加賀谷は両腕で自分の身体を抱き、縮こまった。

「何かあったんですか？」

まさか、新婚旅行中に喧嘩？　汐里が不穏な想像をしていると「なんか毎日、隣の部屋からうなり声みたいなのが聞こえてくるんですよねえ」と、彼は背を震わせる。

「隣に住んでるの、おばあさん一人だったはずなんですけど。新婚旅行から帰ってきてから昼夜問わず続いてるみたいで。うちの奥さんが、何かおかしいから様子を見てこいって言うんですよ」

それが嫌で、帰宅が遅いことを言い訳にして、様子見を引き延ばし続けているらしい。

「早く行ってくださいよ。ばあちゃんが倒れてたらどうするんですか」

要が真顔で言うと「やめてよ美野くん、倒れてる人が何日もずっと声出し続けるとかできないでしょ、その声は人じゃないんだよ」と加賀谷の声が裏返った。

「人じゃなければ、なんですか」

「なんだかわからないから、怖いんだよぉ。俺ホラーとかオカルト、ほんっと苦手なんだ。だってどうするんだよ、もし取り憑いたら。でも、うちの奥さん俺のこと頼りになる男だって思ってるし。早く引越ししたいなあ」

ひと思いに吐き出して、顔を伏せる。仕事を終えて早く帰宅すれば、隣に行ってこいと言われるだろうから、仕事が遅く終わる状況に救われていたそうだ。だが今日からは、そうもいかない。

「ちょっとこれ聞いてみて、美野くん」

加賀谷はスマホを取り出して、呆れ返る要の前に突き出した。

彼の妻が撮った部屋の動画のようだ。音量を上げると、低いうなり声のような音が時折聞こえてくる。

汐里と要は顔を見合わせた。

「加賀谷さんの家ってどこですか。近くですか」

要が急いた口調で訊いた。

「え、まさか美野くん、お土産も買ってこなかったのに、助けようとしてくれてるの？」

急に手を取られて、要は慌てて振り払う。

「加賀谷さん仕事まだ終わらないですよね。俺が先に行ってきます」

「わたしも一緒に行ってもいいでしょうか」

汐里がおずおずと挙手すると、加賀谷は一瞬要に視線を向けてから、何がなんだかわからない、といった様子のまま頷いた。


加賀谷のアパートは、東京第三営業所の駐車場から歩いて五分ほどの場所にあった。新築マンションに移り住むまでの間、独身時代から借りていた部屋に妻を呼び寄せて暮らしているらしい。

階段を上って部屋の前で、一呼吸する。汐里がインターホンを鳴らした。住んでいるのが女性ならば、初めに対応するのは、同性の方が警戒させないはずだ。しばらく待っても反応がなかったが、もう一度押したとき、掠れた声が聞こえてきた。

「すみません、ちょっとお訊ねしたいのですが。もしかしたらそちらで、猫を預かっていませんか。三週間前からずっとペットの猫を探しているんです。サバ白の老猫です」

用件をいっぺんに伝えて、反応を待つ。

「どちらさま?」

答えようとした汐里の脇から、つい先程まで壁に寄りかかっていた要が割り込んだ。

「すぐそこのバス会社の駐車場で、毎週末オニオングラタンスープを売ってる、美野という者です」

カメラの前で要が名乗った。もし光南観光バスにキッチンカーが来ていることを知っていれば、本人だとすぐにわかるだろう。青い髪はよく目立つ。

部屋のドアが半分開いて、女性が顔を覗かせる。早速、部屋に入れてくれた。

ダンボールの中には毛布が何重にも敷かれ、その中央に痩せ細った猫が横たわっていた。

「グラナ」

要は迷うことなく名前を呼んだ。グラナはこちらを向こうとしなかったが、腹部の白い毛は僅かに波打っている。息を殺すように、静かに呼吸をしているのがわかる。

手を出すと、反応して牙を見せた。空気を吐く中に、時折低いうなり声が混ざる。何度も口を開けて鳴こうとするが、だめだった。声がもう、出せないのだ。

「その子は二週間くらい前に、下の植え込みで見つけたんだけれど。そのときにはもう随分弱っていたのよ」

冷たい雨の降る日、アパートの屋根に入って傘を閉じようとしたとき、買い物袋を落とした。散らばった物を拾い集めようとして屈むと、うずくまっている猫が見えたそうだ。

このままでは死んでしまうと、急いで部屋に連れ帰ったとのことだった。

　要はこの近くを何度も繰り返し探しているはずだった。それなのに見つからなかったのは、どうにかして家に帰ろうと、グラナが弱った足で歩き続けていたからだろうか。

「雨に打たれて凍えさせてしまうのが、かわいそうでね」

　様子を見て何日も持たないと判断し、そのまま看取るつもりでいたそうだが、グラナは思ったよりも持ちこたえている。だが、もう長くはないことは、猫を看取ったことのない汐里でもわかった。明日にでも息を引き取ってしまいそうに、衰弱している。

「力を振り絞るように、何度も何度も鳴いていて。でもやっと理由がわかったわ。どうかその子を、家に連れて帰ってあげて。きっとあなたをずっと待っていたんだと思う」

　要は毛布ごと、そっとグラナを抱えた。玄関に向かって歩き出すと、そのまま表に出ていった。

「グラナを助けてくださって、ありがとうございました」

　代わりに汐里が礼を言ったが、彼女は弱い微笑みを浮かべたまま、空っぽになったダンボールを見つめている。

「わたしね、子どもの頃に家で年寄りの猫を飼っていたのよ。いつもはあんまり甘えたりしない子だったのに、ある朝出かけようとしたら、後ろをついて歩いてきてね。帰ってきたら遊んであげようと思って、走って学校に行ったんだけど、そのあと家からいなくなってしまって。ずっと心に引っかかっていたの。だからこの子を見つけたとき、わたしが助ける運命なんだと思ったのよ」

汐里は込み上げてくるものを押し込めようと、深く頭を下げた。

翌日要は、初めて仕事を休んだ。容態を心配していると、午後になって汐里のスマホが鳴った。グラナはお気に入りだった窓辺の、日だまりの中で息を引き取ったと、メッセージを受け取った。

今日は仕事が終わったら、夕飯を作って家まで持っていこう。

自分の心を鎮めるために、汐里は紅茶を淹れることにした。何も考えられないような状況でも、手は仕事を覚えていて、そこだけが別の生き物のように、よく働いてくれる。

悲しみに暮れても時間は流れて日は陰り、スーパーへ買い物に行く人たちの慌ただしい姿が見え始める。一つの命がなくなっても、人々の暮らしは滞りなく続いていく。

閉店の時間が近くなって片付けを始めると、足音がこちらに近づいてきて、汐里は顔を上げた。沢木が手を振っている。

「さっきね、おばあちゃんのお見舞いに行ってきたの。あなたにはあなたの暮らしがあるから、いちいち来なくていい、なんて言われてたんだけれど、そうもいかないわよ」

もう体調もすっかり良くなって、退院が近いようだ。口元には柔らかな笑みが浮かんでいて、汐里もほっとする。お土産だと言って、病院の近くにある人気の菓子店で買ったという、栗饅頭とバター饅頭の詰め合わせを手渡された。

「それで訊いてみたのよ、川澄さんの家にいるミントちゃんのこととか、あなたの探していた同じ模様の猫のこと、そしたらなんとね」

彼女は急に手を打った。

「ミントちゃんと、その猫には血の繋がりがあるみたいなのよ」

「どうやってそれがわかったんですか」

汐里はカウンターから身を乗り出していた。にわかに信じられない話だ。

「その前に確認してもいい？　お友だちが猫を探しているって言ってたけれど。もしかしてお友だちって、よし野のお孫さんだったりする？」

これほど協力してもらったのに、今さら隠すこともできなくて、汐里は頷いた。

「七年前、野良猫を捕獲して避妊手術を受けさせて町に戻す、大がかりな地域猫活動があったらしいの。そのとき洋食屋よし野の奥さんが、一番高齢だったサバ白を引き取ってくれたみたいなのよ。人に引き取られたサバ白は、その一匹だけだって」

グラナは当時、すでにもう何度も子どもを産んでいた成猫で、この地域にいる同じ柄の猫は全部その子孫だよ、と沢木の母親は断言したらしいのだ。思いがけない繋がりに、胸がじわりと熱くなっていく。

「もう少し詳しく伺ってもいいですか？」

落ち着いたら、要にこの話を聞かせたかった。

伸びゆく柳の枝が、青空の下揺れている。荒川河川敷に広がった新緑の鮮やかさが目に染みる。屋外で仕事をするようになって、休みの日でも表に出かけるのが好きになった。季節が変わるたびに新鮮な気持ちになれる。

汐里は要と一緒に人気キッチンカーの集う、リバーサイドフェスティバルを訪れていた。ガーリックシュリンプ、挽き立てコーヒー、和牛串焼き、クレープ、郷土料理など、様々な種類のキッチンカーが出店している。専門の派遣会社に所属するでもなく、手本にするものもない状態で仕事を始めてしまったから、何を見ても学ぶことだらけだ。

「いつかフェスも出店してみたいですけど、一人じゃ厳しそうですよね」

要の目はずっと、キッチンカーに釘付けだ。ほとんどが複数人で客に対応している。注文と会計、調理、仕上げをして引き渡し。イベント出店料を払ってなお利益を得るには、膨大な量の仕込み、即戦力となる人員が必要だ。

「でもたまになら、面白いかもしれない」

少し前なら、畏れ多くて口にできなかった言葉だ。フェス参加にも興味を持つようになったのは、さまざまな人との出会いがあったからだろうか。

「学校の友人でも紹介しましょうか。川澄さんが晩飯作ってくれるなら、ですけど」

「ええ、やだ。わたしあと何年美野くんのご飯作らなきゃいけないの？」

冗談で笑い流そうとしたが、彼は不満げだ。毎日チャーハンでいいです、と言うが、そうもいかない。

「ちょっとわたし、あそこのコーヒー屋さんで紅茶買ってみようかな。種類が書いてないと、逆に何の茶葉で淹れてるのか気になって」

「また飲み物ですか。研究熱心なのもいいですけど、いい加減、腹減りましたよ」

時計を確認すると、午後一時だった。まずは一台ずつ見て回ろうと、コーヒー片手にのんびりと歩いていたが、その間もずっと空腹に耐えていたのかもしれない。要は細身のわりに、よく食べる。

「それじゃどのキッチンカーに行く？　美野くん肉好きだよね。串焼き？」

「別に食事するのはここじゃなくて、レストランとかでいいんですけど」

要の手が肩に触れた。顔を見上げると、ふいと目を逸らす。この大きな猫の無愛想は、照れ隠しの手段だったのだということを、つい最近になってわかった。

「でも、ここから駅の方まで戻るの、結構時間かかるけど大丈夫？」

「平気です」

下りてきた手が汐里の手首に触れたとき「川澄さん、美野くん」と声がかかった。

クレープワゴンの行列には、松本夫妻が並んでいた。日曜なのに光南観光バスのキッチンカーが休みだから、甘いもの求めてこっちまで来ちゃったわ、と笑う由美子の横で、松本は腕組みをしている。

名前を呼ぶ声が引き金になったのか、またどこかから「川澄さん」と声がする。土手の上から、女性がこちらに向かって手を振っている。腕にたくさんの買い物袋を提げているのは沢木だ。

猫のために男と同居するのはまずいと言って、知り合いの不動産屋に紹介してくれたり、一緒に物件探しをしたりと、最近では汐里のいい相談相手になってくれている。

一人ぼっちだった日々は、優しさで彩られていく。

これも猫たちが結んでくれた縁なのだろうか。思えばこの不思議な出会いの始まりは、要の飼い猫探しからだった。世間知らずで、怖い物知らず。きまぐれな猫のような存在が、少しだけ頼もしく見えるようになったのは、いつからだろう。

「なんですか」

見つめると、要が口を尖らせた。

「なんでもない」

汐里が笑顔を向けると、彼は何かを吹っ切るように息を吐き、小さな牙を見せて笑った。

第二部

やっかいな子猫と声にならない声

新しいキッチンカー

ゴールデンウィークに入ってからぐんと気温が上がり、冬の間は暖房代わりだったオーブンの熱で左腕はじりじりと炙られている。鍋から立ち昇る湯気を顔面で受け止めていると、頭まで茹りそうだった。

誰だ、エアコンはいらないなんて言ったやつは。要は半年前、ろくに検討もしないまま、車を作った自分を呪いながら、噴き出してくる汗を拭った。

スープを器によそって、オーブンから取り出したバゲットを載せ、熱気で溶けかけている、グラナパダーノチーズを振りかける。バーナーで表面を焙ってカウンターに器を置くと、女性客がその場でスープを一口飲んで表情を曇らせた。

「やっぱり最近、ちょっと味変わりましたよね」

スパイスを抑えて、素材本来の旨みが引き立つようにしたつもりだったが、パンチの効いた味が好きだった客には、物足りないのかもしれない。

その人の顔を見てスパイスを選ぶのは、現状では難しい。洋食屋よし野のように、来店するほとんどが常連客ならできるのかと言われても、自信もなかった。いっそのことスパイスも注文制にしようと思ったこともあったが、店の味がなくなってしまう気もする。

返答に迷っていると、後ろに並んでいた白髪の男性がずいと前に進み出た。女性は隣を鬱陶しそうに睨み「また来ますね」とスープを持って去っていった。

要は短いため息を吐き、小鍋を用意した。

「松本さん、俺、あの人と話をしてるとこだったんですけど」

「並んでいる客をいつまでも待たせるものじゃない。ライバルに遅れをとるぞ」

松本は顎をしゃくって〈シュシュ〉の隣で営業している、南国のビーチを想起させる、白とマリンブルーにカラーリングされた一・五トントラックを指す。

〈グラタ〉の列に並んでいた客が一人抜け、向こうの列に入っていく。この日要が何度も見た光景だ。

「早くしないか」

急ぐも何も、手は止めていないんですけれどね。心の内で言い返しながら、カウンターにスープを置く。松本は味を確かめるように一口飲んだ。それから、うむ、と一言呟いて、ついさっき敵対視させられたばかりのキッチンカーの列に並び始めた。

「なんだよ」

舌打ちすると、注文しようとしていた女性二人組が驚いたように目を見開き、要は慌てて会釈した。

光南観光バス東京第三営業所は、ゴールデンウィークにかかる週末も、キッチンカーを目当てに訪れる、大勢の人たちで賑わいを見せている。四月に入ってからは新たに二台が増え、週末は四台での営業になった。

今、松本が並んだ行列の先にあるのが、出店を始めてまだ一ヶ月のキッチンカー、トロピカルサンドトラック〈アレグリア〉だ。

開店初日には、情報誌数社が〈アレグリア〉の取材にきた。オーナーの久瀬玄哉（くぜとうや）は、関東近県を中心に複数の飲食店を展開する若手経営者として、知られた存在だからだ。

厳選素材のみを使用して作ったサンドイッチと、自社製クラフトビールが主な商品だ。スペインから取り寄せた生ハム原木に、フランス産カマンベールチーズと特製パイナップルソース。有機栽培のハーブを挟んだ、シンプルながらも高級感のある商品だ。良いものを知る人にこそ満足できる味、として定評を得ている。

遠方からトロピカルサンド目当ての客が来るようになると、人だかりが話題になって、駐車場は徐々に賑やかになっていく。

それ自体は喜ぶべきことなのだが、要には悩みもあった。訪れる人が増えたにもかかわらず、オニオングラタンスープを売り切るまでのペースが少しずつ落ちている。新しいキッチンカーが来れば目移りするし、暑い日が続けばスープは不利になる。理屈ではわかっていても、気持ちは落ち着かない。〈アレグリア〉でサンドイッチとクラフトビールを買う、もしくは飲み物は〈シュシュ〉で冷たい紅茶を買う。少しずつその流れができ始めている。

客足が途切れ、シャツを着替えていると「要、一個ちょうだい」と声がかかった。カウンターの向こうに、紺の作務衣（さむえ）を着た短髪の男性がいる。鴫原将史（しぎはらまさふみ）、〈アレグリア〉と同じ時期に出店した、もう一台のキッチンカーの店主だった。

「店離れて大丈夫ですか」

要は熱気の漂う作業台に戻って、鍋を火にかけた。

「いいのいいの。十分売れてるし。そりゃあ要のとこに比べりゃ全然だけど、俺はね、できるだけ多く売ろうとか、そういうのはやらないの。平日は会社行ってるし、ここでの仕事は半分趣味みたいなもんだから」

鴫原はくっきりした二重の目を細め、無邪気に笑う。

「手伝いですもんね、実家の」

鴫原は和菓子処〈エナガ団子〉を出店している。駅前にある老舗和菓子店からの出張販売で、エナガという小鳥の雛が、木の枝に並ぶ様子を模した焼き団子を販売している。

店主とのじゃんけんに勝つと、季節の和菓子をおまけするサービスがあり、近隣に住む親子連れに人気だ。

「俺は若くないから、平日に会社行って営業であちこち回って頭下げて、土日にまで全力出したらもたないの。子どもたちとじゃんけんして、笑顔見て癒されてさ。それでまた一週間頑張れるとか、そういうかんじよ」

「鳴原さんっていくつでしたっけ」

「二十五」

「価値観がもう、年寄りみたいでやばいんですけど」

カウンターにスープを置く。少し活力が湧くように、スパイスは多めにしておいた。

「いやいやお前の方がやばいから。人生に疲れきった顔してる。玄哉さんの方がよっぽど若いぞ、三十八なのに」

鳴原は〈アレグリア〉に向かって両手を振った。向こうもそれに気がついて、接客中にもかかわらず、片手を上げて応えている。

二台のキッチンカーが同時出店になったきっかけは、鳴原の兄が久瀬と幼なじみという理由だ。光南観光バスは初め和菓子店に出店の誘いをかけたようだ。あともう一台誘いたいと聞き、イベント用のキッチンカーがちょうど完成したところだった、久瀬にも声をかけた、ということらしい。

〈エナガ団子〉の白いワゴンの前に、買い物袋を提げた母親の手を引っぱって歩く、小学生くらいの少女が現れた。

「はいはーい、今戻りますよ」

遠くから返事して、鴫原はスープ片手に車へ向かう。

注文を聞いた後は、じゃんけんでわざと後出しをして負けている。頭を抱え込んで悔しがる素振りに、親子は笑顔になった。

半分趣味にしても、サービスばかりをしていて、兄から怒られないのだろうか。呆れ半分で見ていた要は、向かいのキッチンカーで働く汐里に目を遣った。

片側だけを耳にかけた、肩上の長さの髪が、振り向くたびに揺れている。紅茶を淹れる手順は常に決まっていて、速さも一定、無駄な動きはない。

美しさとは、無駄を切った後に残る、最小限の何かをいうのかもしれない。デザインとの共通点を見つけたとき、トロピカルサンドの袋を持った三十代くらいの女性二人が歩いてきて、要は背筋を伸ばした。


午後四時になって、用意してきたスープを売り切ると、要はその日の売上を計算し、駐車場の奥にある、光南観光バスの事務所に入った。

手前に塗装の剥げかけたカウンターがあり、熱帯魚の泳ぐ水槽が置かれている。その奥には向かい合わせに配置されたデスクが八台並んでいるが、週末ということもあり、運転士はほとんど残っていなかった。

「佐久間さん、精算お願いします」

カウンター越しに、紺のスーツに身を包んだ女性に呼びかけるが反応はない。毛先を巻いた長い髪をかき上げて、パソコンのキーボードを叩き続けている。

「絶対に聞こえてますよね、だって佐久間さん。俺のすぐ目の前じゃないですか」

要はカウンターから身を乗り出す。無遠慮なため息が聞こえてきた。

「何度言えばわかるのよ。わたしのことは麗花さんと呼びなさい」

「麗花さん」

言葉を重ねてそう呼ぶと、彼女はストレッチか片方ずつ肩を回し、肉付きの良い尻で回転椅子を弾き飛ばして立ち上がる。

目元にかかる髪を払いのけ、張りのある丸顔を露わにして、麗花は要を一瞥する。それからスーツの袖を窮屈そうに上げて腕時計を確認し、カウンターの下から領収書を取り出した。

「売り切るの、昨日よりも遅かったじゃない」

「だらだら片付けしてたんで」

「久瀬さん来て、ちょっときつくなったでしょ。飲食店経営していてファンもたくさんいるしね。でも頑張りなさいよ、そっちのお客さんだって取り込めばいいんだから」

封筒の中の場所代を確認して、麗花は手際良く領収書を切った。

「一回トロピカルサンド食べてみた方がいいよ。絶対においしいから」

気乗りせず視線を壁に投げると、棚に並んでいる、塗料の剥げかけた招き猫の置物がじっと見つめ返してくる。

「じゃ、お先に失礼します」

事務所のドアノブを掴もうとしたとき、表から人が入ってきた。久瀬だ。

深い海の色を思わせるシャツと、日焼けした肌。額にかかるくせのある髪をさっとかき上げ、細い目をさらに細めた。

「お疲れさま」

要は返事の代わりに頭を下げた。

「久瀬さーん、お疲れさまでした。今日はどうでした？」

麗花の声が先程と比べて一段高くなった。

良い気分がせずに舌打ちすると「美野くん、今何か言った？」と、麗花が耳ざとく音を拾う。聞こえなかったふりをして、要は事務所を後にした。

自宅に車を置くと、シャワーで汗を流してから、Tシャツとスウェットに着替えた。鍵とスマホをポケットにねじ込んで、再び家を出る。自転車ならば、汐里の家までは十分ほどだ。彼女がペット可のアパートに越してからは気軽に行ける距離になった。

今日の晩飯はなんだろう。風を切って走りながら、ここ数日のメニューを振り返るうちに、食事の支度をする汐里の後ろ姿が思い浮かんで、緩みそうになった口元を引き締める。

アパートの入り口に自転車を止めると、階段を上って部屋の入り口に立つ。インターホンを押す前に、ドアに耳を近づけてしゃがみ込んだ。ミントはちゃんと出迎えに来ているだろうか。向こう側の気配に意識を傾けようとしていると、ドアが細く開いた。

「お疲れさま、入って」

汐里の足元には、ミントが座っている。要はするりと中に入って、内側から鍵をかけた。

「川澄さん、何度も言ってますけど。確認しないで急にドア開けて、変質者だったらどうするんですか」

「大丈夫だよ。ミントはちゃんと美野くんと他の人、違いがわかってるもの」

ね、と足元のサバ白に話しかけ、汐里は微笑んでいる。

この平和な思考が一緒にいて落ち着く理由なのだろうが、ときどき心配にもなる。要は汐里の後をついて廊下を歩くミントを、後ろから抱き上げた。

何かあったらおまえが戦うんだぞ。目で言い聞かせたが、猫は腕の中で欠伸をしている。

「ご飯食べるよね？」

「食べるにきまってます」

「よかった、今日はいつもより少し豪華にしてみたんだ」

なぜだか声が弾んでいる。

「もう家に来るなってことですか」

「え、どうしてそうなるの？」

メルトミントティーを売り出すためにデザインした〈シュシュ〉の看板代を、夕食で支払う約束になっている。食材にかける費用が高くなるほど返済が早く終わり、食事作りから解放される。

要が思考の経緯を伝えると、汐里は口元に手を当てた。笑っているのか、左頬が柔らかにくぼんでいる。

「美野くんのおかげで最近、平日も前よりずっと売上いいんだ。だから何か還元しなきゃなって思ってたの。それだけだよ」

汐里は上機嫌でキッチンに立った。

横をすり抜け、寝室を兼ねた居住空間に向かう。以前はキッチンが狭かったが、ペット可のアパートに引越してから、ダイニングテーブルを置く場所ができた。広い部屋に移ったのは、ミントという新しい家族が増えたから、という理由だが、テーブルには椅子が二脚ある。

要は座椅子を百八十度倒して仰向けに寝転んだ。開け放たれたままの引き戸の向こうに、汐里の後ろ姿が逆さに見える。しばらくすると甘い出汁の香りがしてきた。

牛丼、いや豪華と言っていたからすき焼きか?

冷蔵庫から取り出す具材を見ながら予想する。汐里自身はあまり肉を口にしない。だからわざわざ用意してくれたということだ。

ダイニングテーブルに鍋が置かれた。要はのそりと起き上がり、テーブルにつく。春菊、長ねぎ、椎茸などの野菜類と牛肉が鍋の中で寄り合って、ぐつぐつと煮えている。割り下の甘い香りが鼻腔をくすぐって、胃袋がうなる。

汐里は煮えた具材を器に取って、要の前に置いた。牛肉がたっぷりだ。

だが、自分の器によそうものは焼き豆腐、白滝やねぎをはじめとした野菜ばかりだ。今日くらいは肉を食べるのかと思ったが、これなら無理にすき焼きにする必要はなかったのではないか。

「川澄さん、明日は外で何かうまいもの食いませんか」

自分だけがいい思いをしたって仕方がない。そんな気持ちで提案すると、汐里の手が止まった。笑顔が戻るまでに、妙な間があった。

「あ、そうだ。ちょうど今日、久瀬さんと話したんだ。明日お店に立つから、よかったら食べにこないかって誘われたんだけど、一緒に行ってみない?」

スマホで久瀬の経営するレストランのウェブサイトを見せてきた。

情報量を抑えることで高級感を演出したデザインで、メニューを見なくても簡単に金額の予想ができる。地中海レストラン、スペインバル、創作イタリアンもあるようだ。

「明日はね、久瀬さんオイスターバーにいるんだって」

「なんでしたっけ、オイスターって」

「牡蠣だよ。色んな種類があって、食べ比べもできるって言ってたよ」

「ふうん」

牡蠣に種類があるとは初耳だ。

汐里が端からメニューを読み上げ始めた。前菜、パスタ、様々なものを取りそろえているが、安くはない価格だ。家でチャーハンを食べていた方がいいような気もする。

「食事代はわたしが出すから気にしないでね」

「いや、行くなら俺が出しますよ。そもそも外食しようって言い出したの俺ですから」

ミントのための引越しや、家具や食器の買い増し、キッチンカーのリニューアル。売上が増え始めたとはいっても、先の不安はあるはずだ。

「美野くん、ごめんね」

要は肉に齧りつきながら、眉根を寄せた。謝罪の理由がわからなかった。

「今日も外食にすればよかったよね。いつも簡単なものばっかりで飽きちゃうでしょ」

「すき焼き久しぶりだし、うまいんですけど」

褒めたはずなのになぜか俯き、申し訳なさそうな顔をしている。

「俺は川澄さんも一緒に食えるものの方がよかったなと思って、外食って言ったんです」

「そっか」

「うまいですよ、本当に」

もう一度繰り返すと、ようやく汐里は顔を上げた。

「久瀬さんの店は、俺よりも麗花さんの方がいいんじゃないですかね」

〈アレグリア〉に並んでいた、三十代から四十代を中心とした小綺麗な服を纏った男女は、自分とは違う人種に思えて仕方がない。

「じゃあ、明日は麗花さん誘ってみようかな」

「その方がいいですよ。麗花さん、久瀬さんのこと気に入ってるみたいだし、喜ぶんじゃないですかね」

ご飯をよそいに席を立つと、空いた椅子の上にミントが飛び乗った。その場で丸くなって落ち着いている。

「またやられました。猫ってこういうところありますよね」

片手でどかそうとするが、びくともしない。

キッチンから膝の高さの脚立を持ってきて、仕方なく椅子代わりにした。汐里が無邪気な笑顔を見せていて、ミントのおかげで気まずさがどこかへ行ったことにほっとする。

汐里の家からの帰り道、要は駅前のスーパーに寄った。仕事の熱中症対策としてスポーツ飲料をかごいっぱいに買い込んでいると、後ろから肩を叩かれた。

振り返ると鳴原がいた。白のパーカーに紺のジャケットとチノパンを合わせている。普段は作務衣姿しか見たことがなかったから、一瞬誰だかわからなかった。

「なんだ、要は酒じゃないんだ」

かごの中を覗き込んで、なぜか残念そうにしている。

「飲まないです」

「うちの彼女と一緒だな。飲めないんじゃなくて、飲まないんだってさ」

彼の手にはロング缶のビールが三本あった。恋人との夕食の帰りで、これから一人で酒盛りするらしい。

レジでそれぞれ会計を済ませ、店を出る。要が自転車に跨がると、腕を掴まれた。瞬時に嫌な予感が走った。そのまま誘導されて、噴水のある駅前広場に入った。鳴原は花壇の縁に座るや否や、缶ビールを開けた。

「こんなところで飲んでたら、印象悪くないですか。和菓子屋すぐそこでしょう」

「大丈夫だって、ちょっとくらい」

他人に飲めと勧めてこないのが救いだった。家に帰ったら、やらなければならないことがあふれている。酔っ払って寝ている場合ではない。

「女ってほんとわからんよな」

突然首を振り、鳴原は酒を呷った。それについて別段意見もなく、要は「はあ」と気の抜けた相槌を打つ。

「俺の彼女さ、週末に和菓子売りに行くって言うと、あそこに行きたかった、これがやりたかったのにって騒ぐくせに、じゃあ来週は休むから、どこか行きたいところに出かけようかって誘うと、素っ気ない態度なんだよなあ」

「それは面倒ですね」

「一言でばっさり切り捨てるなよ」

文句を言いながらも、鳴原は笑っている。

鳴原は普段、恋人と一緒に生活をし、金曜日の夜に実家に戻ってきて、週末の出店に備えるという暮らしをしているらしい。

会社勤めをしているから、土日に出店すると休みが実質ゼロで、二人でゆっくり過ごす暇がない、というのが不満のもとだというが、家にいるとき、一緒に何かをしようとはならないようだ。

「よくわかりませんけど、とりあえず週末、一緒に団子売ればいいんじゃないですか？」

「無理無理、そんなデートが許されるのは川澄さんくらいだって」

「なんで、突然川澄さん」

喉も渇いていないのに、要はペットボトルの口を切っていた。

「川澄さんってほんわかしてかわいいよな。笑うとさ、こっちだけえくぼできるし。この間、玄哉さんも言ってた」

鳴原は自分の左頬を指す。

「そういえば明日川澄さん、久瀬さんの店に食事に来ないかって誘われてるみたいです。牡蠣？　なんとかバー」

「いいねえ。要も玄哉さんにおごってもらえるよ、たぶん」

缶ビールを飲みきって、これが至福の味だと噛みしめるように息を漏らす。

「俺は行かないです。誘われてもいないのに、行くのもおかしいので」

「ええ？　何もおかしくないって。だって付き合ってんだろ」

「誰が？」

「要と川澄さんだよ」

思考が一瞬止まった。

「付き合っては、いないんじゃないですかね」

宙を睨みつつ、これまでのことを思い返す。

「あれ、毎日川澄さんの家に飯食いに行ってる、って言ってなかったっけ」

「行ってますよ、大体」

　汐里の家には自分用の食器が一式ある。だがそれは、単になければ不便だからともいう。いつも食事をして、猫と戯れた後は帰るだけだ。それが学校や仕事に行くのと同じように、日々のリズムとして身体に馴染んでいる。

「待って待って、おかしいでしょ。なんなのその関係」

「看板のデザイン代を晩飯で払うって約束もあるし。ミントに関しては俺の責任もあると思うんですよね。川澄さんが猫を拾ったのも、うちのグラナがきっかけだったので」

「ええー、信じられん」

　鳴原は絶句した。道行く人の視線が刺さる。

「要って、川澄さんのことどう思ってるの？　もし向こうが誰かと付き合い始めたりしたら、今みたいに家に行ったり、一緒に飯食ったりもできんのよ？」

　それを聞いてもぴんとこなかった。そもそも、汐里のいない暮らしが想像できない。グラナやミントのことで、家に出入りするようになる前は、学校の友人たちと夜中まで馬鹿騒ぎしていたことは覚えている。だがその記憶も、温かな暮らしに上書きされてしまい、頭の片隅に残っているだけだ。

「そういや結構、歳離れてるんだっけ。もしかして、要は恋愛対象として見られてないのかな。川澄さんにとっては、腹空かせた野良猫に餌付けしてるみたいなかんじでさ」

　哀れみの視線を向けられる。

「俺に言われたくないかもしれないけど、もう少し真剣に考えた方がいいよ。今からでも連絡すれば。やっぱり明日は自分が行くって」

そのとき、ポケットの中でスマホが震えた。汐里からのメッセージだ。明日は麗花と一緒に行くことになったという報告と共に、遅くなるから夕飯はどこかでちゃんと食べてほしいと書かれている。

「お母さんかよ」

横から画面を覗いていた鳴原が呆れたように呟いた。

名前のない関係

ゴールデンウィークは明けたが、光南観光バスの駐車場は、前週を上回る賑わいを見せている。売れ行きが落ち始めていた〈グラタ〉も、この日は午後二時半には完売した。

汐里の手伝いに入ろうと、要が軽く片付けをしていると、久瀬がトラックの外に出てきた。〈シュシュ〉に乗り込み、涼しい顔で手伝いをしている。

「なんで久瀬さんが」

客を交えて三人で談笑する姿が、なんとなく面白くない。要はタペストリーにｓｏｌｄ ｏｕｔの紙を貼り、〈シュシュ〉に乗り込んだ。軽トラックをベースに作られた車内で作業をするには、二人が限度だ。誰かが降りなければ身動きがとれない。

「ここ、涼しいですね」

エアコンの風に青い髪をそよがせるのを、久瀬が驚いたように見つめている。

「手が空いたんで代わります。久瀬さん自分のところに戻っていいですよ」

要が距離を詰めると、でも、と汐里が狼狽えた。二人は目を見合わせている。その間無言の会話でもしていたのか、久瀬が言葉を継いだ。

「〈アレグリア〉は他に二人スタッフがいるから大丈夫。今日は汐里さんの仕事を見たいから、役目を譲ってもらえると助かる」

先日、久瀬の店に食事に行ったときに親しくなったのだろうか。汐里がその後、特に何も言わなかったから気に留めていなかったが、どんな話をしたのだろう。これまで考えもしなかった疑問が、ぽつぽつと浮かんでくる。

汐里と目が合っても気まずそうに黙るだけで、何も言わなかった。先頭で注文を待っていた客の「いいですか」の一声で、強張った顔のまま接客に戻っていく。

「戻ります。俺も学校の課題が残ってるんで」

「大変だよな、仕事との両立も」

久瀬の口の端が僅かに緩んだ。

運転席に乗り込んであぐらをかき、これ見よがしにノートパソコンを開く。アプリを起動してみるが、頭の中は空っぽだった。

五時まで待ってタペストリーをしまった。駐車場内はすっかり落ち着き、久瀬と汐里の明るい声が聞こえてくる。視界の隅に二人の姿を留めながら、要は事務所に入った。

ドアを開くと、麗花がすぐに席を立ち上がった。

「大丈夫？　やけに疲れてるじゃない」

「ちょっと待ちなさい、わたしをいくつだと思ってるのよ」
「俺の母親みたいなこと言いますね」
なんだから、相手のために何ができるか考えないと」
かれるための努力なんてしたことないでしょ。気ままさが魅力なのは猫だけよ。一応人間
「もうちょっと頑張らないと汐里ちゃんに見放されるわよ。あんたはそもそも、他人に好
冗談めかして言ってくるが、気分が悪い。
顔やスタイルまで良いからね。あんたが勝てるところは若さしかない」
「久瀬さんって人を惹きつける魅力があるのよね。お金もあって、社会的地位も高いし、
置いた。麗花は依然として愉しげだ。
場所代を催促するように手を出してくる。要は直接封筒を渡さずに、カウンターの上に
「あら、完全に役割取られてるじゃない」
「今は〈シュシュ〉手伝ってますよ。川澄さんの仕事を近くで見たいらしいです」
わざわざ買いに来てたけど。色々飲んでみたいんだって」
「汐里ちゃんの紅茶を気に入って、猛アプローチしてるみたいだね。平日も仕事の合間に、
麗花はリップグロスの光る唇を、にやりと吊り上げた。
「久瀬さんのことでしょ」
「別に」

麗花が領収書の束でカウンターを打ったとき、事務所のドアが開いて久瀬が顔を出した。

「ちょっといいかな？　話があって」

久瀬がチラシを一枚渡してきた。フードフェスティバルの、出店者募集の知らせだった。以前、汐里と行った荒川河川敷の広場にキッチンカーを集結させ、投票でグランプリを決めるイベントが行われるようだ。出店資格は、普段から会場に隣接する区で営業をしていること、それだけだ。開催は二週間後、準備をする時間はほとんどない。

「主催者が知り合いなんだよな。何台かキャンセルが入ったみたいで、昨日声をかけられた。俺は出店するけど〈グラタ〉も出てみないか？　仮に出店希望者が予定より多くても、〈グラタ〉なら他と被らないだろうし、実績もある。選考で落とされることは、まずない」

久瀬は言いきった。それなりに腕を認められている、ということなのだろうか。

「行ってきなよ。どっちかがグランプリ獲って、新しいお客さんをたくさん連れてきてくれれば、うちもまた賑やかになるからね」

麗花は乗り気のようだ。

「その売上アップが、俺らの給料に反映されたらなあ」

遠くのデスクでぼやいているのは、バスツアーがキャンセルになり、退屈していた加賀谷だ。麗花が振り返って鋭い目で睨みつけると、姿勢を正してパソコンに向かう。

「汐里ちゃんも出るって言ってました？」

麗花が久瀬に訊いた。

「まだ声はかけてないけど」

「先に彼女を誘ってあげて、一番の古株なのよ。うちにキッチンカーが入るようになったのも汐里ちゃんのおかげだし。彼女すごいんだから。駐車場の隅がいつも空いていることを確認するために、毎日、何度も自分の目で確かめに来て、一角を貸してもらえませんかって声をかけてきたのよ」

初耳だった。この場所を見つけたきっかけは、インターネットでキッチンカーの出店募集をしていたからだ。汐里も同じように探したのかと思っていたが、開拓者だったとは。

「なんで初めから、空いてますかって、訊かなかったんですかね」

要は素朴な疑問を口にした。

「もしそこが空きスペースじゃなかったら、訊くことすら失礼だと思ったんだって。相手がわからないから、慎重に調べてたのね。うちだって適当に声をかけられたって、検討もせずに断るわよ。やっぱり少しでも相手のことを知ろうとする姿勢がないと」

久瀬もこの話を知らなかったのか、感心した様子で聞き入っている。

「汐里ちゃんってそういう人。だから、背中を押したくなるのよね。わたしよく覚えてるの。緊張に目を潤ませながら事務所に入ってきた日のこと。話を聞いたとき、これは絶対にわたしがなんとかしてあげないと、って」

ここで始めるまでに、随分苦労したようだ。空きスペースはあっても、匂いやゴミ、エンジン音などを懸念してなかなか了承してくれないのだそうだ。

「この町でやりたいんだって言ってた。住宅地で何もないこの場所を、気に入ってくれるってすごいじゃない。それにわたしも、ここにはもっと飲食店が必要だって思ってたし。近くにはお茶ができるような場所も、ほとんどないからね」

「それで、所長だけじゃなく社長まで説得するんだから、男前ですよねえ、麗花さんも」

後ろから加賀谷が口出しすると「いいからあんたは早く行程書を作りなさい」と、振返って一喝する。

「美野くんは本当に恵まれてるのよ。地域情報サイトが取材にきたとき、たまたま美野くんが注目をされたけど、初めは空きスペース活用を提案してくれた、汐里ちゃんが目当てだったんだからね。ちゃんと感謝するんだよ」

今頃になって知らされる事実に、要はただ頷くしかなかった。

「それでも〈グラタ〉がきっかけでここが賑わうようになったことに変わりはないから、俺と将史は、美野くんにも感謝しないと」

久瀬が間に入った。息を吸って吐くように上手く立ち回る姿を見て、これだから嫌なんだ、と要は内心で悪態を吐いた。

「とりあえず出店するか考えてみて。イベントは機嫌の良い人が多いし、客層も違って別の楽しさがあると思う。これから俺は汐里さんも誘ってみるから」

呼び名がいつの間にか、汐里さんに変わっているのも気にくわない。

「参加します。じゃ、お疲れさまです」

チラシと領収書を受け取って、要は事務所を後にした。

帰り際に声をかけようかと思ったが、汐里は接客中だった。〈アレグリア〉からの流れで買い物に来たようで、客は手に紙袋を提げている。淹れているのは、スタンダードな紅茶、彼女が一番売りたい商品だ。

汐里は男性客に、優しげな笑みを向ける。すると相手の頬も緩む。

感情にむらがなく、いつも穏やかだ。だから彼女と話をするだけで気持ちが休まるのだろう。自分もそうだった。学校の課題で最下位になって絶望していても、一人がなんとなく寂しいと思うときも、汐里はいつもちょうど良い距離感で寄り添ってくれていた。

ミントがきっかけで、押しかけるのも当たり前になってしまったが、一体どんな気持ちで招き入れているのか。もやもやと考えごとをしていると、接客を終えた汐里が、カウンターから身を乗り出して話しかけてきた。

「美野くん、お疲れさま」

「今日はもう帰ります。頑張ってください。あと、夜行けないです」

「大丈夫？　調子が悪い？」

言葉をそのまま受け取って、汐里は心配そうに見つめてくる。

「課題があるんで。全然終わりそうにないんです」

それは嘘ではなかった。実際、常に課題に追われていたし、余裕もない。

「そっか、無理しないでね」

頑張ってね、と汐里は、今さっき客に向けたのと同じ笑顔を投げかけてきた。

出会った頃よりも、よく笑うようになった。喜ぶべきことなのに、面白くない。そんなふうに感じてしまう、自分の器の小ささにうんざりして、要は肩を落とした。


自宅に着くと、途中で買ったコンビニ弁当だけ手に持って、二階に上がった。電気を点けると、脱ぎ散らかした衣類の山が視界に飛び込んでくる。快適な汐里の家とは大違いだ。

着替える間に弁当を温め、洋服をまとめて洗濯機に押し込んでから、教材をテーブルの隅に積み上げる。

空腹を満たすだけの食事を終えると、その場にひっくり返った。課題をやらなければならないが、気力が湧いてこなかった。

うたた寝していると、インターホンが鳴った。起きあがって時計を見る。午後九時だ。宅配だろうか。最近何か買い物をしたかと、記憶を辿りながら階段を駆け下りる。玄関のドアを開けると汐里がいた。

「ごめん、忙しいかと思ったんだけど」

汐里は俯いたままで、なぜか顔を上げようとしない。

「ご飯はもう食べた？」

後ろ手に紙袋を持っているのが見えて、要は反射的にまだです、と返事をしていた。

差し出された袋の中には、使い捨て容器の弁当箱が入っていた。袋の底はまだ温かかった。わざわざ作って持って来てくれたのだろうか。

「頑張ってね」

要は帰ろうとする汐里の腕を掴んだ。思いがけない柔らかさに心臓が跳ねる。緊張を悟られないようにぎゅっと唇を結んで、そのまま腕を引き寄せた。

「上がってください。部屋は死ぬほど汚いですけど」

「じゃあ、お茶だけ淹れたら帰る」

「それ言うならお茶だけ飲んだら帰る、ですよ」

顔を覗き込もうとすると、ゆっくり顎が上がって目が合った。薄暗闇でも汐里の頬が紅潮しているのがわかった。

なんだ、今日は。鼓動の速さが伝わりそうな気がして、要は手を放した。

動揺を隠したまま、部屋の中に招き入れる。床に転がっているリュックサックや上着を、足で蹴って端に寄せた。空のペットボトルを拾い上げ、ゴミ袋に投げ入れる。

汐里を前にも一度ここに呼んだことがある。あの頃はまだグラナのために掃除をしていたのだが、一人になってからは、暮らしに気を遣わなくなってしまった。

「キッチン借りるね」

「どうぞ」

要はコンビニで買ってきた弁当の器を、流しにそのまま放置していたことを思い出した。嘘をついたことを指摘されるかと思ったが、何も言われなかった。今朝食べたものか、ずっと前から放置していたものか、そんなふうに思ったのかもしれない。

汐里はやかんを火にかけると振り向いた。

「そういえば、今日久瀬さんから聞いたよ。美野くんが来月フードフェスに出店することになったって」

「何考えてるんですかね、あの人。仲が良いわけでもないのに俺を誘うなんて」

「スープがおいしいからだよ。出店する前に一回飲みに来たことあるって言ってた」

それは恐らく、調査か何かだろう。

「わたしも申し込んでみることにした。どこまで通用するのか、試してみたいと思って。フェスのときは、メニューをいつもより絞るつもり。日替わりのストレートティーと、メルトミントティーと、半生クリームを活かしたアイスミルクティーとか」

「気になりますね、そのミルクティー。今度、飲んでみたいです」

「じゃあ次に家に来たときに。あと」

言いかけたとき、やかんが鳴った。汐里はインスタントコーヒーを作って、こちらに持ってきた。マグカップを置くと床に正座する。ここに来たときからずっと様子がおかしい。

「あのね、美野くんには一応言っておいた方がいいかと思って」

前置きして、汐里は意を決したように口を開いた。

「実は久瀬さんから、一緒に働かないかって誘われてるの」

有名ホテルから各店に料理人を引っ張ってきているから、調理を任せられる人材はいる。だが、ドリンクに関しては現状、ソムリエやバーテンダー以外のスペシャリストを抱えていないのだそうだ。

「ランチが終わったあと、今はお店を一回閉めているみたいなんだけど、本当はその時間にも営業したいんだって。だから、社員たちにおいしい紅茶の淹れ方を教えたり、商品開発の手伝いをしてほしいって」

「すごいじゃないですか」

その後言葉を続けようとすると、汐里はすぐに「でも」と言葉を遮った。

「わたしは資格を持っているわけでもないし、今までちゃんと教えたことがあるのも、同じお店で働いていた後輩一人しかいないから」

紅茶の淹れ方は時間をかけて習ったが、それが絶対に正しいと言い切れる自信もないし、その年の気候によって味が変わる茶葉選びは感覚に頼るところも大きい。仕事で今すでに紅茶を淹れている人に対して、語れるほどの知識も自信もないという。

「どうするんですか」

「とりあえず保留にしてる。驚きすぎて、何も考えられなかったから」

レストランで食事をしたとき、久瀬は汐里の仕事に改めて興味を持ったそうだ。今日は仕事ぶりの確認で〈シュシュ〉にいたらしい。汐里からの提案だったようだ。

「でも車の色も変えて、看板まで作ってもらったのに、今さらね」

「義理立てとか別にいいんで。自分がどうしたいのかが、すべてだと思いますけど」

本心を伝えると、気まずい沈黙に包まれる。汐里はコーヒーを飲み干して立ち上がった。

「本当にそうだよね、忙しいのにごめん。帰るね、ミントが待ってるから」

「送ります、もう遅いし」

「大丈夫。裏道は使わないから」

「じゃ、下まで」

後について一階まで下りていく。引き留めたい気持ちはあったが理由が見つからず、言葉が喉の奥に引っかかったままだった。

外に出て背中を見送っていると、一度汐里が振り返った。

あっと小さく声を上げ、目が合ったことに驚いたような素振りを見せた。それから「もしおなか一杯だったら、無理して食べないで残していいからね」と声をかけてきた。

流しにあった弁当の空き容器の意味に気づいていたのだ。

「無理してでも、全部食べますよ」

要は誰に言うともなく呟いた。

朝四時に起床し、大量の玉ねぎをスライスして炒める。要は欠伸をかみ殺しつつ、トングでフライパンをかき回す。これまでは六時に起きて、二時間玉ねぎを炒めてから学校に行っていたが、このペースで作業をしていたら、フードフェス用の食材の準備が間に合わない。だが、朝四時に起きれば、なんとか作業を二巡できる。

久瀬からもらったチラシによると、フェスは二日間のランキング形式だが、初日の夕方に投票を集計し、順位の中間発表をすることになっている。それが翌朝に張り出されるから、初日に上位に食い込めれば、二日目に勝てる可能性も高い。

ここ数日は、疲れから仕込みのペースが落ちてきて、学校は遅刻を連発している。授業中に居眠りし続けて呼び出され、課題の提出をすっぽかして、卒業する気はあるのかと脅される。だが、目の前のことに精一杯でそれどころではなかった。

学校で眠り、帰ってくるとまた仕込みの続きをした。イベント用の看板は、学校の友人たちにデザインを頼み、バゲットやベーコンは発注先に無理を言って、普段の週末の三倍を用意してもらうことになった。出ると決めたからには負けられない。

フェス当日、要は一時間前に現地に入った。河川敷広場の会場入り口に、S字に張られたロープには、すでに入場待ちの人たちが並び始めている。

万全な状態で臨もうと、鳴原に応援を頼んであった。開場と同時に客が押し寄せた場合でも待たせずに対応できるように、キッチンカーの前に販売用の机を設置し、接客はすべて任せる算段だ。

開場十五分前になり、来場者の列が長くなっていく。緊張が高まる中、敷地を回って、他の出店者の様子を偵察していた鳴原が戻ってきた。

「玄哉さん会ってきた、今日は地元の友だちと三人だって。川澄さんまだ来てないみたいだけど、どうしたんだろうな。時間やばくないか？」

キッチンカーは多目的広場の中央にある、飲食用の大型テントを取り囲むように配置されている。イベントが始まれば広場内を人が行き交うことになり、車を入れるのは難しい。

要はスマホを取り出して、電話をかけた。しばらく待っていると留守電に切り替わる。

普段、通知を気にかける方ではないが、何かトラブルがあれば連絡をしてくるはずだ。猫を捕獲したとき、彼女は何度も電話をかけてくれていた。

まさか、連絡する相手が他にいるとか。要が〈アレグリア〉に行ってみようと思ったとき、ちょうど折りたたみ自転車に乗った、久瀬がやってきた。

「汐里さん、連絡取れない？」

気にかけて、早い時間から何度も連絡を入れているらしいが、音信不通のようだ。

「まさか、川澄さん寝てるとかないよな？」

鴫原の意見を、要は否定する。汐里は早寝早起きだ。カーテンの隙間から漏れる朝日で目を覚ますのが日課だと言っていたのに、十一時近くまで寝ていることは、ありえない。

「電話ができない状況ってことか？　具合が悪いとか。まさか車の事故じゃないよな」

鴫原の想像は悪い方へと羽ばたいていく。

「うちは他に二人いるから、俺が見に行こうか。汐里さんの家はどのへん？」

久瀬が地図アプリを開いて、要に向けてきた。

「いや、俺が行きます」

温め始めていたスープのガスを止め、オーブンの電源を落とす。要はリュックサックをひっくり返して空にすると、車に積んである、応急処置用のキットを詰め込んだ。

「ちょっとその自転車貸してください。後で返しに行きます」

車を降りると久瀬の手からハンドルを奪い取り、要はサドルに跨がった。

「要、店は」

鴫原の叫ぶ声が聞こえたが、止まってはいられない。今は汐里を見つけることが先決だ。互いの家が近いから、会場までどの道を通るかはわかっている。自転車で風を切り、車の入れる路地を注視しながら、ミントグリーンの車を探す。土手沿いの道を離れて、倉庫や工場が建ち並ぶエリアを抜ける。バス通りから国道に出ようとすると、車道の真ん中で警察官が交通整理をしていた。遠くに赤色灯を回している警察車両が見える。

スピードを上げて近づいた。白のワゴン車と、乗用車の衝突事故のようだった。汐里の車ではなかったことにほっとしつつも、胸をかきむしられるような思いで、ペダルを踏む。

「ああ、もう」

信号待ちでスマホを確認するが、折り返しの電話はないし、先に送っていたメッセージすら既読がつかない。汐里の車を見つけられないままアパートに到着すると、駐車場にミントグリーンのキッチンカーが停まっていた。

連絡ができないほど、体調が悪いのだろうか。すれ違いにならないようにと、車の正面に自転車をつけたとき、生け垣に向かってしゃがみ込む、華奢な女性の後ろ姿が見えた。

「川澄さん」

ほとんど怒鳴り声だった。汐里はびくりと背中を揺らして振り向いた。

「こんなところで何を」

駆け寄ろうとすると「待って」と抑えた声を出す。

「この奥に、子猫がいるの」

「子猫？」

　足音を殺して近づくと、餌の入った器が置かれているのが見えた。一度は出てきて食べたのか、器の隅に薄片（はくへん）がこびりついている。

　茂みを見つめる真剣な横顔に、力が抜けていく。要は汐里の隣にしゃがみ込んだ。首を傾けて暗闇に目を凝らす。身じろぎもせずにこちらを見つめる、小さな生き物がいた。

なんでこんなときに、野良猫なんて。文句の一つでもこぼしたかったが、できなかった。以前グラナやミントもきっと、彼女のこういった優しさに救われたはずなのだ。

「あの子、ラグドールじゃないかと思うの。ペットショップから家に来たとき、知らない場所に驚いて、飛び出しちゃったんじゃないかなって」

　今朝この駐車場で、子猫がカラスに攫（さら）われかけていたのだという。鞄を振り回してどうにか窮地を救ったが、茂みの中に隠れてしまった。餌でおびき寄せて保護しようと思ったが、皿に顔を突っ込むと、待っていたかのようにカラスが襲いかかり、その後は怖がってずっと奥で縮こまっている。放っておいたらまた、遠くから見張っているカラスに攫われてしまう、と、今現在の状況を一通り話して、汐里は振り向いた。

「でもどうして美野くんがここに」

「時間、見てください」

スマホで確認しようとして、持っていないことに気がついたらしい。慌てる汐里に、要は自分の腕時計を見せた。表情がみるみる凍りつく。

「連絡が取れなかったから、事故に遭ったり、具合が悪くなったりしてるんじゃないかと思って、来たんです」

「ごめんなさい」

汐里は髪が顔を完全に覆うほど、頭を深く下げた。

「川澄さん、とりあえずダンボール持って来てください。それから沢木さんに連絡を。捕まえた後、家に放置しておくわけにもいかないですから。ミントだっているし」

子猫から目を離さずに、要は言う。

「わかった」

汐里は唇を噛みしめて立ち上がり、アパートへ駆けていく。

「さて、こいつをどうやって茂みの外に追い出すかだ」

カラスに襲われていたということは、どこか怪我をしている可能性がある。

脅えて出てこない子猫を眺めていると、アスファルトの上を影が過ぎった。カラスだ。汐里の車に降り立ったのを追い払うと、今度は茂みの裏手にある雑木の枝に止まる。獲物がどこにいるのかはっきりと把握しているようだ、この場を離れようとしない。

「おいで、大丈夫だから」

少しずつ距離を詰めると、子猫は頼りない声を上げる。人には慣れているようだった。よたよたと要に向かって歩き出した。

「よし」

茂みの奥に腕を突っ込んで、引っ張り出す。体は片手でも簡単に持ち上げられるほど軽かった。カラスに対する必死の抵抗の証か、前足にはべったりと血がこびりついていた。上手く歩けない原因はこの怪我だ。

子猫は真っ青な目を要に向けて、何度も鳴いた。エプロンを外して包み込むと、しばらくして、汐里がダンボールとキャリーバッグを携えて戻ってきた。早速子猫をバッグの中に入れるが、鳴き止まない。

「わたし、これからこの子を連れて動物病院に行ってくる。沢木さんともそこで待ち合わせしているの。だから美野くん、会場に戻って」

ごめんなさい、と汐里が頭を下げたが、要は何も返せなかった。

自転車を猛スピードで飛ばして会場に戻った。入場口の行列はなくなり、来場者たちは飲食スペースとして用意されたテントの下で、食事を楽しんでいる。

それを見て要はやり切れない思いに襲われた。開始直後が一番混み合うと予想していたし、この日のために、やるべきことさえ投げ出して、準備してきたのだ。

遠くから鳴原の掠れた声が聞こえてくる。〈グラタ〉の前を通りかかった人たちに、いつ営業するかもわからない、キッチンカーをアピールし続けていた。

「鳴原さん、ごめん」

自転車を止め、トラックの中に入ろうとしたとき、凄まじい脚の疲労に気づく。拳で太腿を叩いて、すぐさま支度に取りかかった。

「おお、要。やっと帰ってきたか」

鳴原は両膝に手をついて、力なく微笑んだ。

「帰ってきたってことは、川澄さんは大丈夫だったってことだよな？」

頷くと、彼は「よし」と姿勢を正した。

「とりあえず全力で、やれることはやったからな。来た人にはＳＮＳフォローしてもらって、戻ったら知らせるって伝えておいた。そういや松本のじいさんも、奥さんと一緒に来てたぞ。事情話したら、生物生態園を散歩して、後で来るってさ」

「了解」

「肉おごれよな、うまいやつ」

もう一度了解、と繰り返し、要はポケットからスマホを出した。トラブルがあったが、今車に戻ってきたこと、間もなく開店することをＳＮＳで知らせた。

大型テントの向こう側に〈アレグリア〉が微かに見える。行列ができているが、グランプリは売上金額ではなく、あくまでも投票だ。やれることをやっていくしかない。

「要、そろそろいいか？」

鴨原が振り返り、目で合図してきた。

「みなさま大変お待たせしました、間もなく〈グラタ〉開店いたします」

大声で呼び込みを始めると、テントの下にいた人たちも集まり始めてきた。

自宅に戻るとシャツを脱ぎ捨て、要はベッドの上に倒れ込んだ。

「だめだ」

一人きりになると、弱音が口を衝いて出る。営業終了後の集計結果で、〈グラタ〉は十位までのランキングに入っていなかった。怒涛の追い上げだった。完売とまではいかなかったが、鴨原の呼び込みのおかげもあって、客足が途絶えることはなかった。

〈アレグリア〉は三位に食い込んでいた。開場直後の時間に穴を空けたのが、それほど効いているのだろうか。それとも単に他と比較したときに、選んでもらえる味じゃなかったということなのか。要はベッドの隅でくしゃくしゃに丸まっている、毛布を握りしめた。

インターホンが鳴って、ベッドから飛び起きる。ハンガーからTシャツをもぎ取って、被りながら階段を下りた。来客は汐里だった。今日拾った子猫について何らかの報告があるだろうとは思っていたが、表情がやけに暗い。

「とりあえず入ってください」

要は汐里の腕を引き、部屋の中に招き入れた。

まさかあの子猫が死んだとか。いや、思ったよりも怪我の状態が良くないという話か。ひとたび考えてしまうと、不吉な予感が一気に膨れ上がっていく。

ベッドの縁に汐里を座らせて、横に並んだ。彼女は俯いたまま、膝の上で手のひらを握りしめている。

「あの子猫、怪我は大丈夫でしたか」

「骨折とか、致命的な怪我はなかったみたい。今は沢木さんの家にいるの」

「それなら安心ですね」

「地域のＮＰＯとか、動物病院とも連携して、もう飼い主も探してくれているんだ。でも見つからない可能性が高いって」

「え、どうしてですか」

あの子猫が、それほど長く外で暮らしていたとは思えなかった。一匹で生きる力がない。まだ飼い主は自力で猫を探しているだろうし、出かけていて家に戻っておらず、気づいていない可能性だってある。

「あの子、まだ生後二ヶ月も経っていないし、マイクロチップもないみたいなの」

猫の販売は生後八週間までは原則禁止、さらには住所や飼い主の情報が入力された、マイクロチップの装着が義務化されているのだという。ラグドールの子猫ならば、一般的にはペットショップやブリーダーを経由して迎え入れるはずだが、なぜかそれがない。

「どんな手段でお迎えしても、その子を大事にしてくれるって信じたいけれど。病院に連れて行ったら、ずっとご飯をもらっていない状態だったかもしれないって」

腹を空かせて彷徨(さまよ)い、カラスの縄張りに入ってしまったということなのか。動物は子育ての時期、神経が過敏になる。見かけても近づくなと子どもの頃によく言われていた。

「何日か沢木さんが様子見るって。できる限り手伝うつもり。わたしの責任だから」

「べつに川澄さんの責任じゃないと思いますけど。猫は救われたし、カラスにとっても、縄張りを荒らす邪魔者がいなくなってよかったでしょうし」

フォローを入れたつもりだったが、表情は浮かない。

「今日はごめんね」

汐里の頭はますます下がり、覆い被さった髪が横顔を完全に隠してしまった。

そういえばいつも、家を訪れるときには食事を持ってきていたのに、今日は何も持っていない。動転していてそこまで気が回らなかったのだろうか。

「なんでいつも謝るんですか。別に何も悪くないじゃないですか。俺が川澄さんを探しに行ったのだって、誰かに頼まれたわけでもないし、俺が勝手に決めたことですよ」

要はできる限り、優しい口調で言った。

「〈グラタ〉の売上は、どうだった？」

　汐里は不安げな声で訊いてきた。

「いつもより全然稼いでます、投票は圏外でしたけど。でも、戻ってからもっと売れればよかっただけの話ですし」

　事実を伝えながらも、問題なかったことを強調したはずが、汐里は顔を手で覆う。要はいよいよ、どうしたらいいのかわからなくなった。

「明日もあるのに泣くほど絶望されると、こっちもへこむんですけど」

「ごめんなさい」

　冗談でも言って笑ってもらおうとしたはずが、どうにもならない。ふと思い立ち、要は汐里の膝の前にずいと後頭部を突き出した。

「なでていいですよ、俺のこと」

「えっ」

「猫をなでると気持ちが安らぐって、前に言ってましたよね」

　しばらくじっとしていると、髪に汐里の指が触れた。毛並みを整えるかのように、何度も手のひらが髪の上を滑る。くすぐったさに顔を上げようとすると、頭がぐいと引き寄せられた。一瞬汐里の脚に頬が掠って、要は身体を強ばらせた。

「ちょっと、川澄さん」

慌てて上体を起こすと、汐里は今にも泣き出しそうな顔をしていた。

本当に猫の代わりにしようとしているのか、今度は背中をなで始める。要はただ、汐里の気持ちが落ち着くのを待つしかなかった。


フェス二日目は、開始早々、初日上位のキッチンカーに客が集中した。早い時間から営業をすれば、今度こそ結果がついてくるはずだと信じて、やれることはやり尽くしたが、〈グラタ〉は五位に終わった。初日トップで折り返した、和牛串焼きのキッチンカーを抑え、グランプリを勝ち取ったのは〈アレグリア〉だった。

交流を兼ねた打ち上げの誘いを断って、要は汐里と共に沢木の家に向かった。地域猫たちの溜まり場になっている家だが、怪我のせいか、ラグドールは部屋を隔離されていた。

居間の隅に置かれた毛布に包まって、ぬいぐるみのようにじっとしている。

テーブルにドライフルーツやナッツがぎっしり詰まった、パウンドケーキが置かれた。

今朝沢木が焼いたものだという。好物のはずが、手をつける気になれなかった。

「美野さん、五位なんてすごいじゃない。キッチンカー始めてまだ半年くらいでしょ?周りの人はきっと悔しくてたまらないわよ」

汐里ちゃんも九位だったんでしょう、光南観光バスのキッチンカーはレベルが高いってことよね、と沢木は声を弾ませている。

「俺は巻き返してグランプリ獲るつもりでいたんですけど。もう終わったことなんで」

売上や人気が、他のキッチンカーの商品や客層によって左右されることは理解していたが、他と比較しても数は多く提供していたはずだった。それだけに、五位という結果に焦りを感じていた。フードフェスを目指して、遠くからわざわざ出向くような客層に、受け入れられる味ではなかったということだ。

要は部屋の隅で縮こまる、ラグドールの方を向いた。茂みの中で震えていたときと同じで、警戒してこちらを見つめたまま一歩も動かない。床の上で人差し指を揺らしてみる。少しは興味を持ったのか、じっと見入っていた。

「そのラグドールは、ちゃんとお世話をされてなかったのかもしれないね。インターネットで気軽に動物を買って、実際の世話の大変さに、投げ出す人も多いから」

NPOで犬猫の保護活動をしている、沢木の知人が言っていたそうだ。

「一回飼ったら十五年以上ですもんね。猫がいると、なんだかんだで家を離れられなくなるし、先を考えて気が遠くなる気持ちはわかりますけど」

要はグラナのことを思い出していた。

祖母が亡くなって、知識も心構えもないままに猫を引き取ったから、大変さが少しはわかる。犬と違って散歩の必要がないというと、簡単に飼えそうだが、掃除はこまめにしなければならないし、学校や仕事以外の用事で家を空けるにも、気を遣う。だから、グラナと住んでからは、明け方まで出歩くのを止めた。猫と暮らすと、間違いなく生活が変わる。

「あの子はしばらくここに置いて、猫同士の関係に慣れさせようかと思ったんだけれど。相性が難しいのよね。うちには気性の荒い子も出入りしているから、目を離せなくて。できれば次の飼い主が決まるまで、預かってもらえると助かるんだけど」

沢木は手に顎を載せ、訊ねてきた。ラグドールはコミュニティに馴染めずに、早速先住猫を怒らせてしまったようだった。怪我もあって今は部屋を分けているが、沢木も子猫ばかりを見ているわけにもいかず、ラグドールはほとんどケージの中にいたらしい。

「どうかな、美野さん」

急に話を振られて、要は目を丸くした。預かるのなら、てっきり汐里の方だと思っていたから、動揺した。

「グラナちゃんをお世話していたときの道具はまだ残ってる？」

「あるには、ありますけれど」

「拾ったのはわたしなので、預かるならわたしが」

汐里が声を上げたとき、ラグドールが体を起こした。毛布に足をとられながら、床に降りる。じっと見つめられて、要が子猫の正面に手を出すと、短い前足を伸ばして、指先に触れようとしてきた。反撃に脅えたように、すぐに後ずさりする。

「あら、気に入られたみたいね」

沢木が良かったわ、と頬を緩めた。

「汐里ちゃんのところは一匹いるでしょう。この子は猫よりも人の方が怖がらないから、まずは人に慣れた方が良いと思うの。美野さんなら猫を飼っていたこともあるし、安心して任せられるんだけれど」

そこまで言われて、断ることはできなかった。要が了承すると、沢木はちょっと電話してくるわね、と席を外した。知人に声をかけ、猫を預かってくれる人を探していたようだ。

ラグドールは遊べと言わんばかりに、要に向かって鳴いている。

「さっきまでじっとしてたのに、急に態度が変わったな」

顔の前に指を出すと、前足で掴もうとした。怪我をしていても、獲物を狩ろうとするのは猫の本能なのか、床を転げ回りながら指先を追う。興奮すると牙を立てようとした。

「大丈夫？」

汐里が心配そうに要の指先を見つめている。

首筋をつまんで毛布の上に置くと、またすぐに戻ってきて鳴きつづけ、何かを訴える。

「怪我してるんだから、大人しくしてろって」

要はテーブルに向き直り、コーヒーを啜った。相手にする気がないことを悟ったのか、子猫はしばらくすると鎮まった。

「そういえば」

急に汐里が、裏返りそうなくらい明るい声を出した。

「さっきSNS見たよ。美野くんを推すために、常連さんたちが、友だちを連れてきてくれたんだね。すごいなって思って」

「すごいって、三位にすら入れてないですけど」

口調はおのずとぶっきらぼうになる。猫の話で忘れていたのに、またフードフェスのことを思い出してしまった。この話題にはもう、触れてほしくない。

「〈グラタ〉のスープが本当に好きで、投票するために来てくれる、そういうお客さんを掴んでいることが、一番大切なんだと思う」

「川澄さんにとっては、そうかもしれないけど。今日はこの話、終わりでもいいですか」

両手を床について脚を伸ばすと、ラグドールがよじ登り始めた。要は子猫をひょいとつまみ上げ、汐里の膝に載せた。

もの言いたげな視線に気づかないふりをして、天井を仰いだとき、紙袋を提げた沢木が部屋に戻ってきた。後ろからついてくる、先住猫たちが入らないように戸を閉めて、部屋の隅にあった毛布を畳み始めた。今日ラグドールの引き渡しをするようだ。紙袋の中には匂いのついた猫砂の他に、新品が一袋、子猫用の餌もぎっしり詰め込まれている。

「よかったらこれ使ってね。あと、病院の薬も入ってるから、餌に混ぜてあげて」

子猫の扱いについて一通りの説明を受けたあと、要は汐里と一緒に表に出た。いつの間にか日が暮れていた。朝から晩まで、あっという間だったが、明日からすぐにまた、週末のための仕込みが始まると思うと、要は憂鬱だった。

「ご飯、どうする？」

訊かれて、無言でキャリーバッグを指す。

「あ、そうだよね。それに美野くん、沢木さんのケーキも手をつけられなかったものね」

「今日は風呂入ったら寝ます」

「わたしも今日は早く寝ることにする。なんだか疲れちゃったね」

汐里は口元にだけ、薄く笑みを浮かべた。

コインパーキングで別れると、要は車に乗り込んだ。助手席の足元に、そっとキャリーバッグを置く。なんで俺が猫を。ため息を吐いたとき、自分の部屋の状況を思い出した。

「だめだ、帰っても寝てる場合じゃない。この疫病神のために掃除しないと」

脱力してハンドルに突っ伏した要の横から、みー、と無邪気な声がした。


子猫は弾むような足取りで、障害物だらけの部屋の中を行き来する。教科書の上に置いたプリントを勢いよく蹴っては、足を滑らせ、雪崩（なだれ）を起こす。

「何やってんだよ」

要は子猫の体の下に手を差し入れて、片手で持ち上げた。たっぷりした白い毛に包まれているが、体はほんのわずかしかない。見た目を覆す軽さが、空気をたっぷり含んだスフレを思い起こさせることから、ラグドールにスフレと名づけた。

初めは頼りなく歩いているだけだったが、三日もすると活力を取り戻し、部屋の中を探検しだした。課題用で使う資料は遊び道具になってしまい、床の上で無残に散っている。

「これ以上やったらケージ入れるからな。スフレの安全のために片付けてるのに、自分で散らかしてどうする」

注意してもこちらの言うことが伝わっていないのか、スフレは喜びに目を輝かせている。

「まだ遊べないから。俺はただでさえ人よりも遅れてるんだから」

資料の山から下ろすと今度はパソコンに接続していた、スマホの充電ケーブルに噛みつき始めたから、慌てて引き離した。少し前まで猫を飼っていたから、生態は知っているつもりだったが、個体差なのか、歳の差なのか、これまでの常識が通用しない。

「どうすんだ、これ。絶対に終わらないんだけど」

だが要には、時間のなさを嘆いている暇もなかった。資料を積み直してテーブルの前であぐらをかくと、スフレがまた寄ってきた。甘えてくることはあっても、距離感のある関係を好むグラナやミントとは違う。

要はパソコンから充電ケーブルを引き抜いた。しならせて床を叩き、十分に注意を引きつけてから、キッチンに向かって放り投げた。それに反応し、スフレは駆け出した。コードを捕まえると両手で掴み、噛みついている。猫というよりも、犬のようだ。

このまま勝手に一人で遊んでくれ。そう思いながら課題に取りかかろうとすると、みいみい鳴き始めた。いつまでも要を呼び続けている。

「グラナはそんなにうるさくなかったぞ」

振り返って睨みつけようとしたが、無垢な目を見てしまうと、放ってはおけなくなる。

「ああ、もう仕方ないな」

要は身体をスフレに向け、名前を呼んだ。おいで、と優しく声をかけると、すぐに戻ってくる。床に寝転んで腹の上にスフレを載せた。顔の周りを指で掻き、背をなでていると、足を崩して丸くなる。重さは感じないのに、汗ばんでくるほど熱かった。

「これじゃしばらく、川澄さんちには行けないな」

行けないときには、汐里がこちらまで来ることもあった。だがスフレが来てからはメッセージで様子を訊いてくるだけだ。

スフレは腹の上で寝息を立て始めた。要も観念して目を閉じる。人の傍が安心できる場所なのか。こちらも猫が傍にいると安心するのか、まどろみに落ちるのは、いつも一瞬だ。

フードフェスの翌週末、要はいつもの半分しか仕込みができなかった。スフレに構ってばかりいるわけでもないのだが、どうしても気を取られ、課題の進みが遅くなる。仕込みまで手が回らなくなると、やる気も失せてくる。光南観光バスの駐車場に着いたのは、営業開始間際で、すでに他の三台は、開店の準備を済ませていた。

〈アレグリア〉の前で久瀬と話し込んでいた鴫原が、すぐに要の傍にきた。

「なんだよ要、元気ねえな」

「いつも朝はテンション低めです」

運転席から返事をしたあと、すぐに設営を始める。

「少し落ち着いたら、飯行こうな」

タペストリーをかけたり、カウンターに資材を出したりと、当たり前のように準備を手伝って、鴫原は自分のワゴンに戻っていく。要は車に乗り込むと、汐里と目が合うのをじっと待って、会釈した。変わりのない様子に安堵していると、トラックから降りてきた久瀬が汐里のもとへ行き、カウンター越しに紙袋を渡した。

〈アレグリア〉のロゴが入ったマリンブルーの紙袋、トロピカルサンドだろう。汐里の驚きの表情が笑顔に変わっていく。最近要は、あの笑顔を向けられた記憶がなかった。

オーブンを温めながらバゲットを切っていると、女性がカウンターの前に並んだ。フードフェスにも来ていた、常連客の大学生だ。ＳＮＳを始めた頃からのフォロワーで、何か発言すると必ず反応をくれる。

「よかったらこれ、使ってください」

カウンターに置かれた紙袋の中には、贈り物用の包装紙をかけられた箱が入っていた。中身は身に着けて使うことができる、携帯用の冷風機らしい。喜びかけたところで、彼女は急に拍手を始めた。

「五位おめでとうございます」

またそれか。塞がりかけていた傷口を、再び突かれるような感覚だ。グランプリを獲るためにフェスに出店した。自分を鼓舞するためにも、はっきりとSNSにも書いていた。その目標を達成できていないのに、何をめでたいと思うのかが、わからない。礼も言えないまま頭を下げたが、もやもやしたものがずっと胸の中で渦巻いている。

今日は売り切ったら速攻帰ってやる。要はそう決めて、一旦心の中を空にした。

行列分の器を作業台に用意すると〈アレグリア〉の前にも列ができ始めた。これまでも人気はあったが、開店前から人が並ぶことはほとんどなかった。従来のファンとは違った客層だ。五十代、六十代の男女は、先週のフェスで掴んだ新しい層かもしれなかった。

午後二時前に仕事を切り上げて、要は事務所に入った。麗花は遅い昼休みを取っていたようだ、トロピカルサンドとアイスアールグレイティーが、デスクの上にある。

「え、もう終わったの？　すごいじゃない」

食べかけていたサンドイッチを袋に包み直してから、麗花は席を立った。

「また新しいお客さん増えたでしょ、フェスの五位が効いてるんじゃない？」

「五位、五位って言わないでください」

「もしかして駄目だったと思ってる？　知らないかもしれないけど、どこも超人気のキッチンカーなのよ。フードフェスはあっても、順位づけってあんまりないでしょ？　だから自分がいつもお世話になっているキッチンカーを推すために、会場に行く人も多いのよ」

「そうなんですか」

「そうだよ」

　麗花は軽く笑い飛ばす。駐車場にキッチンカーを誘致するため、下調べをした時期があり、どんな客層に何が支持されるのか、あらかじめ知識があったようだ。もう少し調べていれば、対策できたかもしれないが、どのみち準備に手一杯だっただろう。割り切ろうとするが、考えるほどに悔しさが増してくる。

「すみません、仕込み量が少なかったので、今日は売上、あんまりないですけど」

　要が場所代をカウンターに置くと、麗花は早速数え始めた。

「美野くんって、来年の春に卒業なんでしょう？　やっぱり広告代理店に就職するの？」

「そうなりますよね、普通は。専門学校にまで行っておきながら、他の仕事をするっていうのもどうなのかと思うし」

「学生時代に勉強していたことを、そのまま仕事にする人って、ほとんどいないんじゃない？　わたしは製菓学校行ってたから、卒業後は洋菓子店に就職したけど、三ヶ月で辞めちゃった。働いてるうちに気づいたのよね、洋菓子は食べるだけの方がいいって」

「それ、なんにも考えてないじゃないですか」

　要は思わず吹き出した。

「だからあ、そんなもんだって。それでも色々やってると、少しずつ繋がっていくものなんだなあって最近思うの。だってキッチンカーの誘致なんて、やるようになると思わないじゃない。ここ、観光バス会社だよ？　飲食系に携わることなんて、ないと思ってたし」

　麗花は自席を振り返り、ボールペンを取った。ぱん、と音を鳴らして記入済みの領収書をカウンターの上に置き、腕組みする。

「うちは美野くんならいつでも大歓迎だからね」

「え。バスの運転はちょっと」

「違う違う、キッチンカーだってば。美野くんがバスの運転なんて、どこ行っちゃうかわからなくて怖いもの」

「どういう意味ですか」

「まあ頑張りなさいよ。長く来てくれてるお客さんもいるし、初めはあんなに文句ばっかりだった松本さんまで、ちゃんと常連客になってるんだから、自信持って」

　もう休憩時間が終わっちゃう、と麗花は自席に戻って、サンドイッチに齧りついた。

　そういえば今日は、松本の顔を見ていない。フードフェスでは長い時間待たせたせいか、不満顔だったが、鳴原に対応を任せてしまった。それも何か関係しているのだろうか。

　要が事務所から出ると、久瀬が喫煙所で煙草を燻らせていた。目が合うと呼び止められて、〈アレグリア〉のロゴが入った紙袋を渡された。中には間仕切りがあって、サンドイッチの包みとコーヒーが入っている。

「よかったらどうぞ。うちの食べたことないだろ」

　フェスでグランプリを獲ったからと、お礼の意味も込めて、今日はここで働いている人たち全員に配っているらしい。

「じゃあ、ありがたく。昼飯にします、これから帰るとこだったんで」

「この間は、大人気なかった」

　突然久瀬が頭を下げてきた。

「何がですか」

「〈グラタ〉が料理も未経験のまま、すぐに人気になったと聞いて、世の中の厳しさを見せてやろうと思ってしまった」

　目を伏せたまま煙草を一口吸って、灰皿に押しつける。

　敵わないのは当然、そう言われているような気になったが、別に腹は立たなかった。営業スタイルや接客、デザインを含めたブランディングまで、〈アレグリア〉は魅力的だった。〈グラタ〉も鳴原の呼び込みの上手さで、数を売ったが人気では敵わなかった。その事実は認めざるを得ない。

「おかげさまで自分の実力がよくわかりました。久瀬さんのところとの差も」

「うちは素材に依存してるだけだよ」

簡単に言うが、素材を選ぶためには膨大な知識がいる。だからこそ、良さを最大限に引き出すことができるのだ。汐里の紅茶を見ているとよくわかる。

「久瀬さんって、なんでキッチンカーを始めたんですか。飲食店いくつも経営してるんですよね。そっちの方がなんでもやりたいことできそうですけど」

「そのはずだったんだけど。規模が大きくなるにつれて、従業員たちと距離ができて、店に立つのも、そこで食事をするのも、迷惑な存在になっていくんだよなあ」

冗談めかした口調で言い、力なく笑う。

要は初めて久瀬の弱気なところを見たような気がした。

「〈アレグリア〉のトロピカルサンドは、俺が最初に始めたカフェの人気メニューだった」

「だった、とは？」

「今はもうない。社員たちの意見で、地中海レストランに業態転換したんだ。信じられないだろ」

元々は静かな海の傍にあったが、土地開発によってイベントが盛んに行われるようになり、近隣にカフェが増え始めた。そのときに、好立地を生かしてレストランウェディングや二次会にも使えるような店に改装したそうだ。

「今はもう欲も何もなくて、長く働いた社員の次のポジションを作るために、事業拡大しているようなものだ。それで自分を満たすためにキッチンカーを始めた。笑えるだろ」

「いや、なんて言うか」

「ん？」

「想像と違いました。店を出したら、全部自分の好きなようにできると思ってたんで」

「人を使うんだから、それじゃあ上手くいかないよ。金は出しても、口は出さない。そうじゃないと働く側はやりがいがない」

これまでに他人からこういった話を聞いたこともなく、興味が湧き上がってくる。それを察してか、久瀬の目尻が下がった。

「今学生なんだろ？　卒業したらキッチンカー一本？」

「さっき麗花さんにも訊かれました。どうするか悩んでるんですよね。やっぱり一度くらいは会社勤めを経験した方がいいんですかね」

「この後時間ある？　俺のところ、たぶんもう終わるけど」

話をしてみたい気持ちはあったが、誘いを断るしかなかった。家ではスフレが待っている。今はまだ、あまり長時間の留守番はさせられない。

「今日は帰ります。今、俺んち猫がいるんで」

「猫？」

「フェス初日に、川澄さんがカラスに襲われてたラグドールの子猫を保護したんです。それを今俺が預かってて。貰い手が見つかるまでは、何もできないです」

「面白いな」

「何がですか？」

「生き物を飼うようには見えなかったから。それに、どちらかというと君自身が」

久瀬は笑いを堪えているようだったが、要にはその理由はわからなかった。

「今こうやって話をしてみて、将史や汐里さんが、君に惹かれる理由がなんとなくわかった。良くも悪くも、真っ直ぐな性格なんだな」

話はまた次の機会に、と肩を軽く叩かれた。これまでになく、久瀬の目が優しい。

ふと見ると、〈アレグリア〉には長い列ができている。今までは恨めしく思うだけだったが、相手を少しは知ったからか、この状況を冷静に受け止められるようになっていた。たくさんの飲食店を経営する久瀬にとって、〈アレグリア〉は自分の原点で、守るべきものであり、喜びなのだ。彼の人柄をよく知る人たちが、それを推そうとしている。

「あ、そうだ。久瀬さん」

呼び止めると、久瀬が振り返った。

「言い忘れてました。グランプリおめでとうございます。次は絶対に負けないんで」

久瀬は目を瞬かせていたが、こみ上げる笑みを噛み殺すように、背を向ける。軽く手を上げて要に応えた。


自宅に戻ると、待っていましたとばかりに、スフレが要に寄ってきた。

一週間前までは人に対しても脅えていたのに、随分変わった。脱いだシャツを床に落とすと、スフレは上に乗って遊び始める。

「それは玉ねぎの匂いがついてる」

引き抜くと、小さな体がフローリングの床に転がり、滑っていく。身のこなしが軽やかなミントとは大違いだ。

「個体差がすごいな」

それとも子猫はこんなものなのか。

服を着替えて手を洗う。その間ろくに構いもしないのに、スフレは足元から離れない。

ベッドに座ると、久瀬からもらったトロピカルサンドを齧った。バターの芳ばしさが鼻を抜ける。パンの表面はしっかり焼かれているが、中はもっちりとした食感だ。生ハムやチーズの熟成された味に、ほのかな苦みを感じるルッコラやクレソンがアクセントになり、パイナップルソースが一つに味を纏めている。時間が経ってもおいしく食べられるように、計算した上で作られている。

「すげえな、久瀬さん」

要は素直に感心した。サンドイッチといえども手抜きなしだ。このこだわりのメニューをなくしてまで作った、地中海レストランでは一体どんな料理を出しているのか。次元の違うところにいる人に意識されていたことを、少しは喜ぶべきだろうか。

スフレはずっと、足元で鳴き続けている。

「おまえはまだ飯の時間じゃないよ」

言い聞かせても、ずっとこちらを見て何かを訴え続けている。仕方なく片手を下ろすと、自ら頭を擦り寄せてきて、そのあとようやく大人しくなった。


翌朝、気持ちを入れ替えて、誰よりも早く開店準備を始めた。たまにはコーヒーでも淹れようと、小鍋で湯を沸かしていると、松本が現れた。

脇目も振らずに〈グラタ〉の前に歩いてきて、カウンターの前で立ち止まる。それにしても、早い来店だ。

「あの、あと三十分もありますけど」

時間まで販売しないことは知っているはずだ。要が時計を見せると、松本は鼻を鳴らして腕組みした。家が近いなら出直せばいいのではないかと思ったが、動く気はなさそうだ。

開店時間ちょうどに提供できるように、小鍋にスープを入れて火にかける。

今日のスパイスはどうするか。ちらりと顔色を窺った。

「松本さんって、昨日は体調が悪かったんですか」

「馬鹿者、私にも用事くらいある。一日来ないだけで、病人扱いするんじゃない」

「普通、身体の心配してくれる相手に馬鹿なんて言わないでしょう。将来身体が動かなくなったとき、スープ配達してあげませんよ」

「そんな状況になってまで、これを飲み続けなきゃいかんのか」

ますます具合が悪くなる、と悪辣な言葉を投げつけてくる。体調に問題がなさそうでなによりだ。

「河川敷の祭りは、一日目と二日目で味が違った。客が多くなると手を抜くのか？」

「俺にだって事情があるんです」

開き直ると、誰にだって事情くらいある、と松本は顔をしかめた。確かに味は不安定だったかもしれない。仕込み中、頭はいつも朦朧としていた上、玉ねぎのストックを大量に作ろうとして、まとめて倍近くの量を炒めた。むらがあってもおかしくない。

「紅茶屋の彼女とはどうだ」

「なんですか、突然」

要はふいと目を逸らした。春、汐里と二人でリバーサイドフェスティバルに出かけたとき、松本夫妻と鉢合わせしたが、関係を訊ねるにしても唐突だ。

「贈りものをするといい。私たちの時代には、何がなくとも花を贈ったりもしたものだ」

松本の口から花という言葉が出たことを意外に思ったが、以前花屋を営んでいたと、汐里から聞いたような気がする。

「彼女は何の花が好きなんだ？」

「さあ、川澄さんの家に、植物は結構ありますけど」

部屋の片隅で、紅茶に使うミントを始めとしたハーブ類や、ミニトマトなどの野菜を育てている。トマトの花が咲くと写真を撮ったりもしているが、観賞用というよりは食用だ。猫が間違って食べてしまわないように、ケージのような囲いの中に置いている。

「どんなものが好きなんだ」

訊かれても、要には答えられなかった。知らないといえば、食事もそうだ。わかっているのは肉をあまり食べないということくらいで、紅茶でさえ、どの茶葉を一番気に入っているのか、訊ねたことがないかもしれない。

「普段、いったいどこを見てるんだ」

「どっちみち俺、花は無理だと思います。選べないし、むしろトラウマというか」

昔、親から言いつけられて、祝い事用の花を買いに行ったことがある。値段の手頃さから、出来合いのものを買って帰ったが、自宅に帰ると母親から、すぐに返してきなさい、と激怒された。仏花だったからだ。

話を聞いて、松本は唸った。

「子どもが一人で買いにきたら、花屋は確認すると思うんだが。いくつの時の話だ」

「十八です」

松本は額に手を当てて、ため息を吐いた。

「仕方ないじゃないですか。仏壇はないし、墓参りにだって行かない家だったんだから」

世の中の常識らしきことを学んだのは、祖母の家に越して来てからだった。

「今日は何時に仕事が終わるんだ」

「十四時過ぎですかね。食材の準備があまりないので」

「私が選んでやる」

「いや、なんで突然そんな」

後ろに女性客が並ぶと、松本はぴたりと会話を止めた。レジ横からペンとメモ帳を取り、電話番号を書き込んでいる。

これは、仕事が終わったら電話しろということだろうか。無視すれば、翌週からずっと連絡をしなかったことへの苦言も加わるのだと思うと、頭が痛くなりそうだった。

予定通りの時間に仕事を切り上げて、松本と駅前で落ち合うと、近くの花屋に連れて行かれた。店主と松本が話し合いながら、黄色と白のバラにかすみ草とグリーンを添えた、小ぶりな花束を作った。要が選んだのは包装紙とリボンだけだった。

汐里が帰る時間に合わせて、久しぶりにアパートを訪れる。ドアの前にしばらく立っているると、向こう側からミントの鳴き声が聞こえてきた。いつもならすぐに汐里が来るはずだったが、しばらく待ってもドアは閉まったままだった。

フードフェスをきっかけに、汐里と距離ができてしまった。心の余裕のなさが原因で、優しさに甘えて八つ当たりしていただけだ。突然こんな花束を持って現れても、困惑させるだけではないだろうか。要がためらっていると、ドアが薄く開いた。

「美野くん？」

「そうです」

どうぞ、と言われて玄関に上がると、汐里の頬は紅潮していた。濡れた髪と石鹸の香り。避けられているわけではなく、風呂に入っていたから、すぐに出てこられなかったのだ。

「寝る支度、随分早いですね」

「今日はお酒でも飲もうかなあって。お風呂入った後の方が危なくないかなって」

「川澄さんは飲まないのかと思いました」

「普段は家では飲まないよ。でも、たまには」

汐里はミントを抱き上げて、部屋の奥へと進んでいく。要は無防備なうなじに釘づけになりながら、靴を脱いだ。

「川澄さん、これ」

紙袋に入ったままの花束を突き出すと、汐里は目を見開いた。言葉もないまま、じっと見つめていたが、ミントをそっと床に下ろして、おずおずと受け取った。

「誰かに聞いたの？　わたしが今日、誕生日っていうこと」

あまりの衝撃に、驚きを顔に出さないことに苦心した。松本は知っていたから、あんなに強引に花屋に連れて行こうとしたのだ。

「ありがとう」

汐里ははにかんだように笑った。なんとも言えない気持ちになって、要は頭を掻く。

「バラなら猫も大丈夫みたいです」

「そっか、猫がだめなお花もあるんだね」

汐里は紙袋から花束を取り出して、顔に寄せて目を瞑る。

香りの良い花が好きなのではないか。紅茶の原料としても使われる花ならば、外さないだろうと、松本は言っていた。その見立ては正しかったようだ。

花束を贈ることが照れ臭かったが、要はしあわせに解けていく汐里の顔を見て、松本の言うとおりに花を贈ってよかったと、心から思った。

「美野くん、ご飯は？」

「いります、じゃなくて」

誕生日くらい食べに行きますか？　と言おうとしたが、前回それで失敗している。

「作るよ。ミントも美野くんが来て、喜んでるから」

歩くと後ろからついてきて、足を止めると利発そうな目で見上げてくる。

汐里は花瓶にバラを移した。淡いグリーンの包装紙を巻きつけて、リボンで留める。花束だった頃の形を崩さないような飾り方があったのかと、感心する。これまで一緒に出かけたときも、彼女は季節の花々に目を留めていたのだろうか。何気ない好きのサインを、たくさん見逃していたのかもしれない。

「最近俺、ずっとかんじ悪かったですよね」

キッチンに立つ汐里の後ろ姿に問いかける。聞こえないはずはない距離だが、返事はなかった。汐里の肩が一度大きく上下した。冷蔵庫を開けようとして、手を離す。振り向くと、おもむろに要の髪に触れ、毛並みでも整えるように、丹念になでてくる。

「川澄さん、なんで笑ってるんですか」

頬にえくぼができるから、平静を装おうとしていても、すぐにわかる。要は頭の上にあった汐里の華奢な手を掴むと、自分の背中に回させる。汐里との距離がまた一段近くなる。

「毛並み整えて、っておねだりされてるみたいだなって」

明るい表情に安堵したとき、

「なんかほっとした」

今しがた考えていたことが、汐里の口からそのまま出てきて驚いた。目はたしかに微笑んでいるのに、声が揺れている。

「美野くん、このまま来なくなっちゃったら寂しいなって、思っていたから」

「来ますよ。来るに決まってるじゃないですか」

汐里がそのまま泣き出してしまいそうに見えて、要は声を張る。不安なら言ってくれれば良かったのに、とも思うが、汐里は自分とは違う。相手を気遣ってしまい言えないのだ。

気の利いた言葉が見つからず、背中にそっと触れる。カットソー越しの背骨のおうとつが、存在をやけに意識させる。

「美野くんの髪って、青くする前は何色だったの？」

「キッチンカー始める前までは、ずっと地毛ですよ。染めたこともなかったです。色抜くのも時間かかるし、金もかかるし、面倒くさいじゃないですか」

「黒猫も見てみたかったな」

会話にそぐわない奇妙な緊張感に包まれて、どちらからともなく距離を取る。

汐里は冷蔵庫を開けた。上段にあった持ち手のついた箱を慎重に取り出した。中には同じケーキが二つ入っている。

「川澄さん、よっぽどそれが食べたかったんですね」

「違うの。そうじゃなくて。もしかしたら、今日は美野くんがご飯を食べに来るかもしれない、来てくれたらいいなって」

しばらく来なかったのに？　口から出そうになった言葉を飲み下す。もしかしたら毎日、二人分の献立を考えていたのだろうか。

「スフレのこともあるし、来ないだろうなって思ってた。でも、一応」

ね、となぜか汐里はミントに同意を求めようとした。ミントはすいと足元をすり抜けて、ベッドの上で丸くなる。素知らぬ顔だ。

「川澄さんって、誰にでも飯作ったりするんですか」

「まさか。家に他人が遊びに来ることもないし」

ケーキの箱を冷蔵庫に戻して扉を閉める。それから、うちに来るのは宅配便か、何かのセールスや宗教の勧誘か、と指を折って数え始めた。久瀬の名前はない。

「俺は川澄さんが、俺以外の誰かを部屋に入れたり、料理作ったりするのは嫌です」

汐里は涼しげな目を見開いた。それから、猫の機嫌を取るときと同じように、要の頭の上に手を載せる。

「美野くんは特別だよ」

よし、じゃあ何か作るね、と一度両手のひらをぱちんと合わせ、改めて冷蔵庫から食材を取り出し始めた。

要はキッチンを離れて、部屋に入った。いつも綺麗に片付いた心地の良い空間と、温かい食事。その環境が気に入ってここに来ているはずだった。だがそこに、汐里がいなければ意味がない。これが、誰かを好きになるということなのだろうか。

ささやかな誕生日会を終えて自宅に帰ると、要はすぐによし野のキッチンに入った。引き出しの中からレシピノートを取り出して、ぱらぱらと捲る。

仕事のことでも考えていないと、浮ついた気持ちが収まりそうになかった。

オニオングラタンスープのみの販売では夏の時期、圧倒的に不利だ。何かもう一品、手軽に作れて、今ついている常連客を逃さないような商品が欲しい。

ページを捲っていくと、走り書きのラタトゥイユのレシピが目に留まった。調理にコンロを使うことから、玉ねぎの仕込みの妨げになると読み飛ばしていたが、材料に夏野菜が多いのは季節に合うし、ベーコンと玉ねぎが流用できるのもいい。

松本から連絡先を聞いたことを思い出し、要はスマホを手に取った。八回コールが鳴った後、いつもの険しい表情からは想像できないような、切羽詰まった声がした。

「どうした、何かあったのか」

「昔よし野で、ラタトゥイユって食べたことありますか？　味がどんなかんじだったか、訊きたいんですけど」

ノイズが聞こえてからは返事がない。電波状況が悪いのかもしれないと、音量を上げる。

「松本さん？」

「もう二十二時半だぞ。私を一体何歳だと思ってるんだ」

　それから学生の仲間にかけるのと同じ感覚で連絡してくるなとか、他に何か言うことがないのかとか怒鳴り散らしているが、スマホならば音量を調節できるから、問題ない。

　声が鎮まった頃合いに、要はもう一度音量を元に戻す。

「今日は紅茶屋の彼女に花は渡せたのか」

「さっき渡しに行って、一緒に晩飯食べてました。あとケーキも」

　ふいに汐里の笑顔が思い浮かんで、口元が緩む。

「喜んでもらえたのか」

「たぶん。香りが気に入ったみたいでした」

　そうだろう、と今度は急に大人しくなる。

　再びノイズが入った。先程のそれも、松本のため息だったのだと気がついた。

「突然電話をかけてくるから、何かあったのかと思うじゃないか」

「俺と川澄さんに？」

　要は唖然とした。まさか松本からそんな心配をされているとは、思いもしなかった。

「問題がないならもういい。ラタトュイユだったな。明日は十七時に店に行くからな」

　一方的に言い放ち、松本は通話を切った。

見過ごしてきたもの

約束の時間に間に合うように、要は学校から大急ぎで帰宅したが、松本はすでに、よし野の前で待っていた。

とりあえず店の中に招き入れて客席に座らせる。昨晩松本との電話を終えてから、スーパーまで買い物に走り、レシピノートを参考に、初めてのラタトゥイユを作った。話を聞くだけのつもりだったが、どうせなら食べてもらって、違いを聞いた方が早い。

キッチンで温め直し、松本の分を皿に盛る。

ニンニクを軽く炒めてオリーブオイルに香りを移し、角切りにした玉ねぎ、ベーコン、パプリカやズッキーニなどの夏野菜をホールトマトに合わせて煮込んだ。仕上げには半熟卵とバゲットを添える、シンプルで洋食屋らしい一品だ。

要は松本にラタトゥイユを出した。興味深そうな最初の反応にほっとする。

「一応、レシピ通りに作りました、ちゃんとそうなってるか、わかりませんけれど」

昨晩試食し、出来は悪くないと思っていたが、一口食べると、松本は眉間に皺を寄せた。

ゆっくりと咀嚼を続けているが、表情で何を思っているのかすぐにわかる。

「そんなに酷いですか」

要は訊ねてみた。松本はスプーンを置き、紙ナプキンで口元を拭いた。

「これがレシピ通りか。もうよし野の味にこだわるのはやめにしたらどうだ」

「松本さんがそれを言うんですか。あれだけ俺によし野の味じゃない、なんて文句言っていたくせに」

「お前が、よし野の味を受け継いだ特製スープ、と謳ったからだろう」

比べるのは当然だと言い切られ、押し黙った。

「よし野の孫息子が商売を始めたと知って、昔ここに通っていた常連客たちはみんな、一度食べに行っているよ。だが、今〈グラタ〉に行っているのは私だけで、支持しているのは洋食屋よし野の味を知らない新しい客だ。同じ商品を作る意味はあるのか？」

松本から向かいの席を勧められ、渋々腰を下ろす。

「オニオングラタンスープも安定しないのに、新メニューに時間をかける余裕はないだろう。自分ですらわからない味を、どう再現していくつもりなんだ？」

「それは、松本さんが」

「私がいちいち食べないと、新しいメニューは作れないということだな？」

「そういうことになりますね」

それを聞いて松本は、腕組みしてため息を吐いた。

「学校には行っているのか？　卒業はよし野の奥さんとの約束だろう」

「なんでそれ、知ってるんですか」

汐里から聞いたのかと思ったが、松本はそれ以上に詳細を知っていた。

「私は要の子どもの頃の話だって知ってるんだ。中学の頃は、学校に行くふりをして家を出て、高速バスでしょっちゅう東京まで来ていたそうだな。高校ではアルバイトに明け暮れて留年して、母親を泣かせてばかりだったそうじゃないか。仕事を持って、一人でお前を育ててくれたというのに」

「ばあちゃん、松本さんにそんなことまで話してたんですか？」

「妻が身体を壊して入院していたとき、私は毎晩よし野に通っていたんだ。そのとき彼女は、よく要の話をしていた。孫息子が苦しいときの、逃げ場を残してやりたくて、よし野を続けているとも」

中学の頃はよく母親と喧嘩して、要は祖母の家に泊まりに行っていた。自分で連絡を入れるように言われたが、怒ったり泣いたりする母親をなだめるのは、いつも祖母だった。

専門学校への入学を機に、祖母の家に移り住んでからは、遊んでばかりだったが、何をしていても、夜中に帰ってきてさえ、文句を言わなかった。

「店の灯りはいつも夜中まで点いてました。ばあちゃんは厨房にいて、新メニューの研究だって言いながら、色々作ってて」

「夜更けまで店にいたのは、お前の帰りを待っていたからだ」

「え、俺専門入ったとき、もう二十歳でしたよ」

「だからって心配しないはずないだろう、母親から子どもを預かっているのに。東京に出てきたばかりの世間知らずが、夜中まで繁華街をうろついていたら、何に巻き込まれるかわかったものじゃない。だが彼女は、要のおかげでまた新しいメニューが増えたんだと、嬉しそうに言うんだよ。そうやって生まれたのが、このラタトゥイユだ」

　あのレシピに、そんな背景があるとは知らなかった。

「彼女はノートを遺して、要に何を継がせたかったのだろうな」

　独りごとのように呟いて、松本は席を立った。

「とにかく、よし野の看板を下ろすかどうか以前に、このラタトゥイユはだめだ。野菜の旨みを感じないし話にならん。ただ、客席をこれだけ綺麗に保っていたことだけは褒めるべきか」

　千円札を一枚テーブルの上に置き、松本はそのまま店を出て行った。

「褒めるべきかって、それ褒めてないし」

　椅子の背にもたれかかり、改めて店の中に視線を巡らせる。

　客席の掃除を怠らなかったのは、祖母が病に倒れ、入院していた頃に言ったことが強く記象に残っていたからだ。身体は使わないと、急にがたが来る。人間もきっとお店と同じなのよね、と笑っていた。

「そういえば、客席で誰かに料理を出したのって初めてだ」

要は客席から厨房を眺めた。

客がいないときでも、キッチンで忙しそうにしていた祖母の後ろ姿が、今でもありありと思い出せる。それがなぜだか汐里の姿と重なった。

「同じ場所にいたって、景色は変わっていくんだよな」

祖母はもういない。店の前で日向ぼっこするのが好きだった、グラナも。

高校卒業後、地元、甲府での就職を望んでいた母を説き伏せて、要が興味を持ったことをやらせるべきだと、上京を後押ししてくれたのも祖母だった。そのときはただ、口うるさい母親から解放されたことを喜んでいただけで、なぜそこまでしてくれるのか、考えもしなかった。

あたしが死んだらグラナの世話だけはするんだよ。それしか言わなかった祖母が、自分のためにレシピを書き残していたと知ったとき、これこそがやるべきことだと目標を見つけた気がした。けれども道標だと信じたその閃きも、ただの衝動だったのだろうか。

片付けを済ませて自室に戻ると、スフレの姿が見当たらなかった。名前を呼んでも出てこない。嫌な予感がして部屋をひっくり返すと、うずたかく積まれた洗濯済みの衣類から、子猫が顔を出した。

「遅くなったから、ふて腐れてるのか？」

餌を取りに行こうとしてキッチンに向かうが、後を追ってこない。子猫の前に皿を置いたが、餌に鼻を近づけて匂いを嗅ぐだけで、食べようとはしなかった。

「どうした、スフレ」

要はしゃがみ込み、頭をなでてみる。

「具合悪いのか？」

いつもはうるさいくらい鳴いているのに、声を出さない。明日の朝も調子が悪そうだったら、病院に連れて行くしかないが、学校ですでに夏休みはないと断言されているのに、これ以上休むと卒業が怪しくなる。

「そうだ、沢木さんに」

メッセージを送り、明日の朝学校に行く前に、スフレを預けることになった。

要は柔らかな毛に覆われた顎の下に指を差し入れて、優しく擦った。

「なんで俺みたいなやつのとこにいるんだろうな、おまえ」

語りかけると、子猫は冬空のように澄んだ目を向けてきた。

学校が終わると、要は沢木の家に直行した。スフレは部屋の隅にあるケージの中で、毛布に包まっていた。沢木は部屋の引き戸を閉めて、他の猫が入らないようにしてからケージを開ける。自由になったはずが、子猫は出てこようとはしなかった。

「怪我からの感染症や、病気ではないって。ストレスかもしれないって言ってたけれど」

病院に連れて行くと、長毛で目立ちにくいが、腹部の一部の毛がごっそりなくなっているのが見つかった。

「俺が悪いのかもしれないです」

要はスフレに手を伸ばす。喜びもしなかったが、避けようともしなかった。

平日は学校、土日祝日はキッチンカー、家にいるときでも課題で手一杯で、ゆっくり構ってやれていない。スフレは状況を読まずに遊べと催促していたが、それが子猫なりの目一杯の訴えだったのかと思うと、やるせない気持ちになった。

「うちでずっと預かっていても、同じように体調崩したと思うわよ。猫は弱いところを隠そうとするからね。一見元気そうでも、案外そうじゃないこともあるの。早く引き取り手が見つかるといいんだけれど」

生後間もない子猫で、ペットショップでも高値がつく人気の種だ。里親希望者はすでに何人もいるそうだが、大切にしてくれると確信できる相手でなければ委ねられないと、面談や、飼育環境の確認に時間をかけているようだ。

「一人よさそうな方がいたの。この子がもう少し元気になったら、お試しで預けてみることになるから、それまではお願いね。美野さんのおかげで随分人に慣れてきたと思う。大丈夫だから、自信持って」

留守番の後は意識してスキンシップを取ってあげてね、とアドバイスをもらい、要は沢木から、再びスフレを預けられた。

夕暮れの帰り道、スフレの入ったキャリーバッグを提げたまま、光南観光バスの駐車場に立ち寄った。〈シュシュ〉の看板はもう片付けられていたが、辺りに人影はない。少し待つと事務所のドアが開き、汐里が出てきた。

「スフレどうかしたの？」

キャリーバッグに気がついて、駆けてくる。汐里は腰を屈めて中を覗き込んだ。

「様子がおかしかったんで、今朝沢木さんに預けてたんです」

要は昨日の夜からの様子を、一通り伝えた。

「早くいつもの場所で安心させてあげないと。わたしもう帰れるから、家まで送るね」

送ってもらうために、ここへ来たわけではなかったが、今は何よりもスフレが優先だ。

助手席に座ると、要はキャリーバッグを膝の上に置いた。振動が直に伝わらないための配慮だったが、車が動き出すとすぐに細い足で立ち上がり、周囲を確認しようとしている。

「スフレ、すぐ着くから」

バッグをなでたところで、落ち着くわけはないのに、それくらいしかできることがない。

「川澄さん、ミントって拾ってきたばかりの頃から落ち着いてました？」

要は運転する横顔に話しかけた。

「大丈夫だったよ。元々人にも慣れてたからかな？　引越したときも、新しい家に入るのも全然怖がらなかったし、わたしよりもずっと落ち着いてたくらい」

「知らない匂いも平気なんですね。やっぱり個体差大きいのか」

「今のスフレには、いつも一緒にいてくれるパートナーが必要なんだよね、本当は」

汐里が急に、そうだ、と声を弾ませた。

「美野くん、あとでおうちにお邪魔してもいいかな」

「はい？」

「わたし、もしかしたら良いこと思いついたかもしれない」

その声はやけに自信に満ちていた。


二階の部屋を大急ぎで片付けていると、インターホンが鳴った。階段を下りてドアを開けると、いくつもの紙袋と、キャリーバッグを携えた汐里がいた。中にはミントがいる。

要は一瞬、言葉を失った。

「いやいや、スフレは他の猫がだめだから、俺が預かったんじゃないですか」

「でも、ミントなら大丈夫かもしれない。わたしたちが学校や仕事に行ってる間にも寄り添ってくれる存在になれると思う」

「その根拠のない自信、どこからきたんですか」

見知らぬ場所に連れてこられても、他の猫の匂いがしても、ミントは身じろぎもせず、キャリーバッグが開くのを待っている。

「さっき沢木さんに電話して、許可はもらってる」

だめ押しされて、要は一人と一匹を部屋に入れた。

まず、蓋を開けないままキャリーバッグを床に置いてみた。遠巻きに眺めていたスフレは、じわじわと近寄っていく。周りをうろついて、匂いを嗅ごうとしているが、ミントは顔を背けたまま、子猫を見ようとはしなかった。

「猫って警戒してると、じっと相手のこと見るけど、睨んだりしないから、スフレが安心して近づけるんだね」

ケージの中にミントを移す。見知らぬ場所でも、どっしりと構えている。スフレは毛布に戻ったが、覚えのない気配や匂いを意識しているようだった。だが、沢木の家で見たこれまでの脅え方とは違う反応だ。

「わたしがこの子たち見てるから、美野くんはその間にご飯食べて。作って持って来たから」

紙袋の一つは、要のための食事だった。二段積みの容器が出てきた。

「ちょっと多かったかな。美野くんに改めて花束のお礼がしたくて」

「実はあれ、松本さんが」

初めはもちろん自分で払う気だったが、松本が「勧めたのだから、私が出す」と言って譲らなかった。黙って手柄を独り占めするのは気が引ける。

「そっか。今度会ったら松本さんにもお礼を言わなきゃね」

汐里は驚いたような、どこか納得したような表情だ。

これでまた松本から、馬鹿だとか、普通はそういうことは言わないものだとか、叱られるのだろう。だが黙っていられないのだから仕方がない。

「川澄さん、欲しいものとかありますか」

今度は自分からきちんと贈り物をと思ったが、汐里は大丈夫、と首を振る。

「誕生日ももう終わったし、気にしないで」

「前に鳴原さんは、彼女の誕生日にネックレスをねだられて、ボーナスを半分持っていかれたって言ってました」

「大変だったんだね」

気の毒だと思ったのか声を沈ませる。自分の誕生日とは別の話と捉えているようだ。ここまで何も期待されないと、気楽を通り越して不安になる。

「俺、川澄さんのためなら、鳴原さんのより高いアクセサリーでも買いますよ」

「いらないよ、仕事中は着けないし。それに、そういうのはちゃんと」

言葉の続きは途切れたままだった。

「もしかして、俺から何かもらうと、困るってことですか？」

久瀬の存在が頭をちらつく。

「あ、そうだ。紅茶用の耐熱サーバーがもう一つ欲しいって思ってたんだ。最近忙しさにもちょっとずつ慣れてきたから」

「それ、仕事道具じゃないですか」

でも本当に何もいらない。汐里はすぐに言い直し、視線を逃がした。

「美野くんが来てくれたことが嬉しかったから、それだけでもう十分」

左頬にふんわりとえくぼが浮かび、思わず要の手が伸びる。頬に触れると、汐里の身体が強ばった。唇を横に引き、不安げに見つめてくるが、拒絶する素振りはない。

「えくぼが。前から気になってて」

しどろもどろになりながら触れてしまった言い訳をすると、

「左だけなの。変だよね」

汐里は取り繕うように微笑んで、目を逸らす。

自分の顔を触っても何も思わないのに、誰かの肌に触れるというのはこんなに特別なことだっただろうか。要は背中の後ろに右手を隠して、ぎゅっと握りしめる。

不意に訪れた気まずさを取り払うように、汐里はまた笑みを浮かべた。それから猫にするのと同じように、頭に触れてきた。

たしかに以前、自分を猫に例えて「なでていいですよ」と言ったことはある。まさかそれがずっと続くようになるとは思わなかった。触られるのは緊張しても、自分から触るのはなぜ平気なのだろうか。要は少し距離を取り、汐里の様子を窺った。言葉が通じるはずなのに、猫よりも何を考えているのかわからない。

「川澄さんって何色が好きですか」

「急に訊かれても」

「じゃあ好きな食べ物は？」

「どうしたの？」

汐里は首を傾げ、困惑の表情を浮かべている。

「川澄さんは俺の好みとかちゃんと知ってるのに、俺は何も知らないなと」

「それは美野くんのせいじゃなくて、わたしの問題だから」

甲高い声に反応したのか、ミントが迷惑そうにこちらを向いて一鳴きした。

「あ、見て」

汐里がケージを指した。スフレがどんなにケージの前をうろついても見向きもしなかったのに、ミントが目で追い始めている。

「気にしてるね。スフレも怖がってなさそう。ミントは大らかな性格だから、少しずつでも大丈夫だって気づいてほしいな」

汐里は膝で歩き、ケージに寄っていく。

「あんまり人間が手出ししないで、猫のことは、猫に任せたほうがいいですよ」

「心配でつい。わたしが拾ってきてしまった子たちだから」

あれだけ汐里のせいではないと言ったのに、未だに責任を感じているらしい。要はベッド脇の引き出しから自宅のスペアキーを取って、テーブルの上に置いた。

「これ、うちの鍵です。俺がいなくても、いつでも勝手に入ってください」

汐里の手を取って、何か言われる前にと、鍵を握らせた。

「ここに住めと言ってるわけじゃないです。スフレにミントを慣れさせてみようって提案してきたのは川澄さんですからね」

ずっと前、同居を提案したときには、軽く流されてしまっている。だが今回はスフレのこともある。

「時間をかけたほうがいいと思うんです。スフレの今後のためにも」

他の猫に慣れれば、すでに一匹飼っている家に引き取ってもらえる可能性も出てくるし、帰省や旅行などで預けられる際に、スフレ自身がストレスを溜めなくて済む。

「これまでもお互いの家を行き来していたし、生活はそれほど変わらないと思います」

その一言で腹をくくったのか、汐里は何度か頷いた。

学校での居残りを終えて家に帰ると、お帰りなさい、と声がした。キッチンには髪を纏め、エプロンをかけた汐里が立っている。ニンニクの香りに刺激され、要は急に空腹を思い出した。

「今日はなんですか?」

「ガーリックチャーハン。鷹の爪とオリーブオイルで、ペペロンチーノっぽいかんじにしてみようかなって」

美野くんと会ってから、チャーハンばっかり作ってるけど、色んな味付けを考えるのも楽しいよね、と笑顔を見せる。フライパンの横には小鍋があって、野菜がたっぷり入ったコンソメスープが用意されていた。

「何か手伝いましょうか」

要はリュックを下ろして手を洗い始めた。汐里は驚きの目でそれを見つめている。

「ここ、俺の家ですよ。手伝いくらいしますって」

飲み物を取ろうと、冷蔵庫を開けて驚いた。たった一日のうちに彩りにあふれている。汐里が自宅から食材や調味料を持ってきたようだ。

ほとんど空だったキッチンの棚の上には、紅茶を作るためのサーバー一式と、茶葉を小分けにした缶や、汐里の家で使っていたマグカップやティーカップが並んでいた。

自分の家の中に、汐里のものが置かれている。それが二人暮らしの始まりのように錯覚させ、むずがゆさを感じる。

「美野くん、ご飯すぐ作っちゃうから、ミントたちのこと見てみて。今朝仕事に行く前にミントを連れてきて、ここのケージの中にいてもらったんだけど。また少し距離が縮んだような気がするの」

部屋を移動すると、床の掃除がされていた。本や雑誌が一纏めにされている中で、洋服の山だけが手つかずだ。気遣いにきまりの悪さを感じながら、ケージの前に座ると、ミントが立ち上がった。

昨晩スフレと会わせたときは、相手を意識しながらもじっとしていたが、今は狭苦しい場所はごめんだと言わんばかりに、要に向かって鳴き続けている。

鳴き声に反応するかと思えば、スフレは部屋の隅の毛布に包まって、手足を伸ばして寛いでいる。沢木の家にいたときは、壁の向こうの猫の気配にすら、警戒していたのに。

スフレを指で突くと、寝ぼけたまま反応して前足で空を掻き、電池が切れたようにくたりと足を落とす。疲れていて、顔の筋肉を動かすことすら億劫な日でも、猫を見ているとつい笑ってしまう。

要はキッチンに戻って、汐里の隣に並んだ。フライパンの中に炊きたてのご飯を入れたところだった。

「そういえばね、今日ずっと考えてたんだけれど」

棚からスプーンを出していると、汐里は唐突に話し始めた。

「好きな色は、今はミントグリーンかな。猫のミントと、あとは車のカラーリングが気に入ってるのかも。子どもの頃から遡って思い出してみたんだけど、わたし、元々青っぽい色が好きみたい。でも、洋服だと青が似合わないんだよね」

「もしかしてそれ、昨日の質問の答えですか」

急に汐里が慌て出した。

「そのときにはぱっと思いつかなくて。頭の回転までのんびりなんだね、きっと。ああ、恥ずかしい」

頬が熱を持っていることを自覚しているのか、片手で顔を扇いでいる。

「頭の回転が遅いんじゃなくて、真面目なんですよ、川澄さんって」

褒めたつもりだったがそう受け取らなかったのか、汐里は苦笑いで返す。

「ただ、いい加減なことを言ったらだめだって思ってて」

「時と場合によりません？　俺、好きな色訊かれたら、その場で目についた色の中から適当に選びますよ」

「ええ？」

大袈裟なくらいに驚かれたが、人生を遡りながら好きな色を考える方が、驚愕すべきことだ。

「わたしもこれからは、そうします」

「別にそこは他人に合わせなくても。俺はいい加減なんで」

「美野くん、いい加減かなあ」

汐里は壁を見つめながら、また何かを考え始めている。

「川澄さんと俺って全然違いますよね。それなのに、なぜか一緒にいるっていう」

ご飯を広げて馴染ませてから、汐里は慣れた手つきでフライパンを振った。埋もれていたむき海老が跳ね上がる。

「不思議だよね。もしキッチンカーをやってなかったらとか、借りたのがあの場所じゃなかったらとか、グラナやミントのことがなかったらとか、いつも考える」

「それって、いつも俺のこと考えてるってことですよね」

冗談を言ってみたが、反応がない。髪の合間から覗く耳が赤く染まっていることに気づいて、伝播するように顔が熱を持つ。

「もう一つの質問は、好きなご飯だったよね」

汐里が俯いたまま、唇で呟いた。

本当はそれよりももっと、今汐里に訊きたいことがある。

「やっぱり先に夕飯の支度する。そういえばね、今日スーパーに行ったら海老が安かったから、贅沢にいっぱい入れちゃった」

はにかんだ笑みに釘付けになっていたが、器に盛られたチャーハンを前にすると、芳ばしい香りに食欲を刺激され、どうしようもなく腹が減りはじめた。

梅雨入りが近くなると、週末の悪天候が続いた。要がSNSで雨の日サービスの知らせを打っていると、鳴原がカウンターに張ったテントの下に飛び込んできた。

「一瞬でずぶ濡れだ。さすがに今日はだめかなあ」

営業を始める前から弱音を吐いて、空を見上げる。雨足は徐々に強まって、向かいの〈シュシュ〉が霞んでいる。鳴原の草履の足は、すでに水溜まりの中だ。

「もうさ、建て替えだけじゃなくて、駐車場も作り直すべきだよな。最近水はけの良いアスファルトあるんだし」

「え、何ですか」

要はスマホの画面から顔を上げた。

「ほら、あるだろ、雨の日でも車線が見える走りやすい道。夜だとよくわかるけど」

「じゃなくて、その前です」

鳴原は瞬きを忘れたように、要を凝視した。

「要、もしかしてまだ聞いてないの。光南観光バスの東京第三営業所、建て替えすることになったって」

「は？　いつですか」

「わからん。でも今年中には、やるんじゃないかな」

　先週は仕込み不足で早く帰宅し、麗花から話を聞き逃していたらしい。鳴原が代わりに話してくれたが、内容はほとんど要の頭を素通りしていた。わかったのは、老朽化した建物を取り壊している間に、今駐車場のあるスペースに仮設事務所が建つという話だけだった。この駐車場で営業ができなくなる。

「鳴原さんどうするんですか」

「俺は元々、半分くらいは趣味だからなあ。良い場所があればとは思うけど、毎回出店場所を探してというのも、時間的にしんどい」

「これ以上時間とられたら、彼女が怒りそうですよね」

「もうすでに怒ってる」

　鳴原は肩を竦めた。平日は会社、仕事の後は人付き合いが多く、週末はキッチンカーとなれば、ゆっくり過ごせる時間がほとんどない。

「どうにか月一回くらいはどこかで出店したいね。子どもたちの顔も見たいし。要は生活かかってるから、悠長なこと言っていられないだろうけど」

「ビルってどのくらいで建つんですかね」

「たしか結構早く建つんだよな。今と同じ規模なら一年くらいじゃないかな」

「一年も」

要は項垂(うなだ)れた。とても待てそうにない。

「久瀬さんはイベント出店中心になるんだろうな、元々そういう目的で作った車だし。川澄さんが一番まずいんじゃないか。今ここで週五、六回出店してるよな?」

この町で働きたい、汐里がそんな想いでここに来たのだと、以前麗花が言っていた。出店できる場所を探すのに苦労したとも聞いている。メルトミントティーがあれば、初めての場所でも売上が立つはずだが、やりたいこともずれてくる。

いつの間にか開店時間が過ぎていたが、まだ駐車場に客の姿はない。知識としては知っていたが、天候がここまで客足に響くとは思ってもいなかった。

「ちょっと俺、事務所行ってきます」

要はエプロンを外して車を降りた。

雨の中駐車場を駆け抜けて、事務所のドアを開けると、紅茶を買いに行くために、ちょうど表に出ようとしていた丹羽と腕がぶつかった。丸盆の上でティーカップが揺れている。

「どうしたの、美野くん。もう営業時間だよ」

丹羽の重そうな瞼が持ち上がった。

「ここ、建て替えするって聞いたんですけれど」

問い詰めようとすると、丹羽はあからさまに動揺した。それから麗花に視線を投げ「俺はちょっと川澄ちゃんのところに買い物に行かないといけないから」と、傘も持たないまま、大雨の中に飛び込んでいく。

「悪いけど、建て替えをすること自体は、一年前から決まっていたことだから」

麗花が自席から立ち上がり、冷静な口調で応えた。カウンターに来て両肘を突き、要を見据える。

「川澄さんは知ってるんですか」

「先週話したけれど」

どうして汐里はこんなに大切なことを、話してくれなかったのだろうか。要がむっとしていると、

「汐里ちゃんに当たるのはやめてよね」

気持ちに勘付いたのか、麗花が鋭い声で釘を刺してきた。

「貸店舗でもなんでも、永遠にそこで営業できるわけじゃないでしょう。それに、いつから工事を始めるのか、わたしたちもまだわからないのよ」

「麗花さあん」

加賀谷の頼りない声が割り込んできた。

「何よ」

黙れと言わんばかりの勢いで、麗花が振り返る。

「メール来てます、本社から。ちょうど建て替えの話なんですよ」

声は尻すぼみになっていく。麗花は自席に戻って、立ったままマウスを操作する。

「何これ、嘘でしょ」

モニターに顔を近づけ、食い入るように見つめている。

「内容は？」

要はカウンターに肘を突き、身を乗り出した。

「信じられない、突然引越しの日程が送られてきたわ。二週間後に始まる工事の前に、バスも幾つかの営業所に分けて全車移動しなきゃいけない」

麗花は尖り声を上げて、席につく。

「今、麗花さん二週間って言いましたよね。今さっき日程はまだわからないって、言ったばっかじゃないですか」

「わたしに怒鳴らないで。こっちだってわかり次第すぐに伝えるつもりだったんだから」

悲鳴に近い声でまくし立て、麗花は頭を抱えた。

「これ絶対に、所長が俺らに伝え忘れてたんですよ。まだ先だからって、放置してそのままに。てか、俺らの勤務先も変わるってことじゃないですかあ」

喚く加賀谷を一喝し、麗花は落ち着きを取り戻しカウンターに向き直った。

「とにかく、本社に連絡して確認してみるわ。キッチンカーの営業が終わるまでには、きちんと報告ができるようにするから」

何も言えずに要がそこで立ち尽くしていると、ほら、あんたも仕事に戻って、と追い払われた。

事務所から出ると、〈グラタ〉のテントの下に、松本の姿が見えた。

「松本さん」

ずぶ濡れになって車に戻ると、すでにしかめ面だった松本の顔つきが変わる。

「何かあったのか」

「ここでの営業、あと何回できるかわからないです。事務所の建て替えが始まって、俺らもう、この場所使えなくなるって」

松本は呆けたように口を開けていたが、すぐに気を取り直して訊ねてきた。

「要はどうするんだ」

「わからないです。そんなこと、これまで考えたこともなかったので」

「客が来たぞ。雨の中待たせるなよ」

後ろに女性が一人並んだ。要は車の中に入って、タオルで髪と身体を拭く。エプロンをかけてすぐに仕事に取りかかったが、心はうわの空だった。

緩やかな昼のピークを越えて、駐車場から再び客足が退くと、久瀬が〈グラタ〉に来た。〈アレグリア〉のスタッフの分と合わせて、スープを三つ注文した。用意する間、天候や売上について話していたが、商品の引き渡しを終えると、唐突に訊いてきた。

「話を聞いたんだろ。どうする、これから」

要はすぐに建て替えの話だと思った。

「どこか近くに出店できる場所があるといいですけど。まだ何も」

「ここ、かなりいい出店場所なんだよな。近くに飲食店も少ないし、住宅地の中にあって固定客もつきやすい。電源もトイレも貸してもらえるし、食事ができるスペースもある」

頷きながら聞いていると、久瀬は「汐里さんのことなんだけれど」と、本題を切り出してきた。

「もう一度誘ってみてもいいかな、俺の店に」

「どうして俺に訊くんですか。決めるのは川澄さん自身だと思いますけど」

久瀬はそうか、と含み笑いした。

一度話したきりで、汐里からはその後のことを何も聞いていなかったから、断ったのかと思っていたが、違ったようだ。

「保留のまま時間が経ってしまったけれど、改めて汐里さんが欲しい。腕は信頼できるし、店舗の方が彼女は落ち着いて仕事ができるんじゃないかと思う。元々キッチンカーを始めたのは、人間関係を築く自信がないからだと聞いているが、新店なら既存店よりはハードルも高くないと思ってる。企画や教育、汐里さんがこれまであまりやってこなかった仕事の経験も積める。彼女にとっても悪い話じゃないはず」

このエリアに高級路線の隠れ家カフェを出店することが決まっているらしい。もうすぐ内装工事が終わり、新人トレーニングも含めた本格的な準備が始まる。どうせなら、そのタイミングで汐里に来てほしいとのことだった。

「汐里さんが希望するならメルトミントティーを、うちで出してもいい」

「それなら、松本さんの奥さんとか、川澄さんの今のお客さんも引っ張れますね」

きっと現状を上回るような給料が保証されるのだろう。遠くでキッチンカーの営業をするよりも、今の顧客を大事にしたいと考えるはずだ。汐里が断る理由がない。

なんとなくすっきりしない気持ちはあったが、要は自分を納得させようとした。

「そういえば、まだ猫は保護してる？　前に言ってたけど」

「うちにいます。飼い主が見つかるまでの間という話でしたが、なかなか。里親を探してくれている人から、よさそうな人がいるとは聞いているので、期待したいですけれど。お試しで預けてみても、そのあとどうなるか」

複数回のトライアルがスフレにとって負担になるのならば、自分が引き取ろうかと思い始めているところだった。

「色々大変だな。〈グラタ〉の出店場所のことも」

「条件はともかく、このサイズのキッチンカーが営業できる、空きスペースを探すところからですね」

「何か手伝えることがあればと思うけど」

久瀬は優しさを見せて、名刺をカウンターの上に置いた。


自宅に帰ると、要はベッドの上に突っ伏して、ため息を枕に沈めた。

もし汐里が久瀬の店で働き、スフレが誰かに引き取られていったら、今の暮らしも終了か。考えなくてはならないことが山ほどあったが、すでにその気力をなくしていた。

売上の精算をしたとき、麗花が詳細を教えてくれた。二週間後の工事に向け、これから事務所内の大掃除が始まるらしい。他の営業所に一時的に持ち出す荷物も多く、週末も運搬の車が出入りすることになる。光南観光バスでの出店は明日で打ち切りになった。

客に向けてアナウンスをしておかなければならなかったが、床に投げ出されたスマホを取りに行くことさえ、億劫だった。

突然出店できなくなるとは、考えてもいなかった。卒業までとりあえずあの場所で稼げればいいと思っていたことさえも、甘かったのだ。

「どうするか」

ミントが寄ってきて、要の背中の上に飛び乗った。餌をよこせと催促が激しい。それが猫の正しいあり方だと学んだのか、スフレまで背中の上に乗ってきて鳴いている。

もう少し二匹で遊んでいてくれ。

訴えが聞こえないふりをしていると、遠くで鍵の回る音が聞こえた。ただいま、と汐里の控えめな声がして、軽い足音が近づいてくる。

寝ていると思ったのか、二階に上がった後は足音を殺していた。物音をできるだけたてないようにしているのか、衣服の擦れる音が聞こえにくくなる。

耳で汐里の音を拾う。水滴がシンクを打つ。戸棚の扉を引き開けて、そっと閉める。テーブルの上にマグカップを置く音は聞こえなかったが、きっと紅茶を淹れようとしている。

細やかな気遣いに驚くと同時に、相手を想う温かな気持ちが、この部屋にまで満ちていることに気づく。

「川澄さん、俺も飲みたいです」

背中に声をかけると、汐里は肩を跳ねさせた。

「びっくりした、起きてたんだね」

もう一度びっくりした、と繰り返した後、目元に優しげな笑みを浮かべ、戸棚からもう一つマグカップを取る。仕事終わりのチョコミントティーだ。

ベッドから上体を起こすと、背中から落とされたミントとスフレが不満げな声を上げた。

かける。


「大変なことになったね、光南観光バス」

「急すぎますよ」

要がベッドの縁に座り直すと、ミントは汐里のもとへ歩いて行く。スフレがそれを追いかける。

「川澄さんは、久瀬さんのところで働くんですか」

うーん、でも。と、汐里は小首を傾げた。

「実は少し話を聞きました、このエリアにカフェ出店するって。知らない土地でキッチンカー出すより、そっちで働く方がいいんじゃないですか。今のお客さんも、来てくれるだろうし、メルトミントティーだって置いてもらえるかと」

「どうして美野くんは、久瀬さんのお店で働くことを勧めるの？」

ややあって、汐里が静かな口調で訊いてきた。

「どうしてって、俺は川澄さんのこと考えて」

「今度久瀬さんに会って、もう一度ちゃんと話を聞いてみるね」

納得したような口ぶりだったが、茶葉が開くのを待つ間、一度も振り返らなかった。

床に座り直し、ベッドの縁にもたれかかっていると、汐里からマグカップを渡された。

メルトミントティーの原型となった、ホットチョコミントティーだ。半生クリームの代わりにミルク、自家製ミントシロップの代わりにミントリキュールを使用している。爽やかな甘さがじわじわと胃に落ちて広がるように心を解(ほぐ)していく。

「俺、こっちの方が好きだな。店で売るならメルトミントティーがいいのはわかってるんだけど。気兼ねなく飲めるかんじが落ち着くんですかね」

汐里は一メートルほど間を取って、隣に座った。耳に髪をかけながら、はにかんだように笑っている。

もし久瀬の店で働くことになったら、新しい仲間たちに振る舞うようになるのだろうか。ぼんやりと考えながら紅茶を飲み干して、そのまま床に転がった。

「美野くんはキッチンカー続けるんだよね」

「なんとか場所を探して、やってみようと思いますけど」

「少し遠くても、安定して出店できる場所が見つかるといいよね」

紅茶を飲み終えると汐里が近寄ってきた。仰向けになった要の顔を覗き込んでくる。穏やかな表情なのに、感情が読み取れない。

汐里は要の髪に手を伸ばしてきた。

「今日はそこに、本物の猫が二匹もいますけど」

戸惑いながらも平静を取り繕っていると、汐里は細く息を吐いた。

「美野くんがいい」

その言葉が要の胸にとん、と突き刺さった。恐る恐る背中を引き寄せると、汐里が胸に倒れ込んできた。触れ合った部分から体温が伝わって、緊張が駆け巡る。髪に触れ、胸に頭を抱く。肋骨の内側で暴れている心臓の音に気づかれても、もう構わないと思った。

「嫌ですよ、俺だって」

要はぼそりと呟いた。

「知らない場所で、知らない仲間と一緒に川澄さんが笑ってるのを想像すると、それだけでむしゃくしゃするというか。でも、経験やスキルを評価してくれる人が、近くで店を出すって言うなら、そこで働いたほうがいいにきまってるじゃないですか」

腕から逃れて汐里は上体を起こした。眉根を寄せたまま、乱れた髪を整え始める。

仕草一つひとつが気になって、他人に嫉妬し、触れ合うたびに堪らない気持ちになって、ようやくはっきりと自覚する。これが恋じゃなければなんなのか。

「俺、好きです。川澄さんのこと」

想いを留めておくことができずに吐き出すと、汐里は急にぽろぽろと大粒の涙をこぼし始めた。

「え、なんで」

慌てて起き上がったが、どう接したらいいのかわからずに、要は狼狽えるばかりだった。手の甲で何度も目元を拭っても、汐里の涙は止まらない。

「ごめん」

ようやく絞り出すように言うと、片手で口元を覆ったまま立ち上がり、背を向ける。それから、ミントたちにご飯をあげてくるね、と揺れた声で言って、キッチンへ戻っていく。床の上で丸くなっていた二匹の猫は起き上がり、汐里について歩き出す。

今のは一体なんのごめん？

要は動揺していた。泣くほど嫌だったということはないはずだ。それなら向こうから髪に触れてきたりはしない。

まさか自分は本当に汐里にとって猫の代わりだった？

その後キッチンから戻ってきたとき、汐里はまた笑顔を見せていて、涙のわけを訊くこともできなかった。

光南観光バスの駐車場での最後の営業が終わり、平日の仕込みがなくなると、要の暮しにもゆとりができ始め、空きスペース探しが始まった。ネットで探して、学校帰りに直接現地に確認しにいくが、条件に合う場所は、なかなか見つからない。

一トントラックが停められる場所が少ない上、電源が使わせてもらえるスペースは限られているし、あったとしてもずっと先まで予約で埋まっている。

木曜になり、ようやく翌週末の出店場所を確保したが、その先の予定は白紙だ。

日が落ちてから自宅に帰り、玄関を開けると二階から物音が聞こえてきた。階段を上がるとキッチンにいた汐里が振り向いて、おかえりと微笑んだ。

「ごめん、わたしもさっき帰ってきたところなんだ。すぐに用意するね」

これまでと変わらないようでいて、微笑んだときの左頬のえくぼが浅い。好きだと告げて以来、どこかよそよそしかった。

汐里は建て替え工事が終わるまでの一年間、久瀬の店で働くことが決まり、今日が初日だ。動きやすい服しか着なかったのに、スカートを穿き、奥二重の涼しげな目元は、今は濃いオレンジのアイシャドーに縁取られている。職場が変われば、身につけるものくらいは変わる。わかってはいても、急に遠くへ行ってしまったような気になる。

「来週の出店場所、一応は決まりました。住宅街にある駐車場の空きスペースなので、売上はどうだかわかりませんけれど」

「美野くんのキッチンカーなら、ちゃんと告知しておけば、ファンの人たちが来てくれると思うよ」

「だといいですけれど」

ため息と共にリュックを下ろして、キッチンから自室を覗く。スフレとミントは互いを意識しすぎることもなく、それぞれに寛いでいる。

「あ、スフレのことなんだけれど。明日からトライアルになったよ。美野くん明日も学校だから、わたしが朝、沢木さんのところに連れて行くね。もうちゃんと伝えてあるから」

スフレを預かってからは、要が沢木と直接やりとりをしていた。汐里に連絡がいくのは初めてで、不思議に思っていると「今日沢木さんと少し会ったんだ」と、先回りした返事がくる。

「助かります」

とにかくトライアルで、引き取り手が決まってほしい。

「そういえば仕事はどうでした？」

要はおもむろに話を切り出した。

「新しいカフェの内装を見せてもらったよ。あとは、車で近くの店舗を回って、お店で仕入れている茶葉や茶器を使った、提供までの手順を見せてもらってる。明日は湘南の方まで行くんだけど。しばらくはそういうかんじなのかな？」

「忙しくなりそうですね」

「これまでと環境が変わりすぎて、大丈夫かなってちょっと心配だけれど」

「久瀬さんと二人なんですか？」

「お店回るときはね。車の方が仕事の話もしやすいからって」

「ふうん」

入社する誰もに、同じような対応をしているわけではないだろうに。自分から問いかけたというのに、仕事の話を聞くほどに面白くない。それが態度に出てしまっていたのか、汐里はすぐに仕事の話を切り上げた。

「あのね、美野くん。わたし、スフレがトライアルの間は、ミントと一緒にしばらく家に帰ろうかと思う」

視線を汐里の手元に移したまま、要は頷いた。

「わかりました。川澄さんも少しゆっくりしてください。明日はスフレのことも、よろしくお願いします」

本当は少し距離を置きたいのかもしれない。そう思って言うと「ご飯ならいつでも用意できるから、また家に寄ってね」と、汐里はどこかほっとしたように微笑みかけてきた。

まだ告白の答えはもらっていない。嫌われたのかと思えば、毎日欠かさず家には来る。要にはもうお手上げだった。


久しぶりのキッチンカーでの営業日は、梅雨入り後になった。初日から雨予報で、要は用意するスープの量をいつもの半分に抑えた。

SNSでうるさいくらい宣伝すると、行きますと声をかけてくれる人もいたが、借りたのは住宅街の中にある月極駐車場の一角で、近所ならばまだしも、電車に乗ってまで来るのかはわからなかった。

開店の準備を終えて看板を表に出すと、道路を挟んだ向かい側の歩道から、怪訝そうに様子を窺っていた中年の女性が寄ってきた。

「何始めるの、ここで」

「今日と明日は夕方まで、オニオングラタンスープの販売をさせてもらいます」

近隣の住民かと思い、要は笑顔を繕って会釈した。

「ええ？　だめよそんな臭いが出そうなの。うちは布団干すんだから」

雨なのに布団とは、馬鹿げたことを言っている。ここで営業をするのが気に入らないということだ。

「帰ってくれる？　こんな住宅地でやられたら迷惑なの。どこかの公園でやったらいいじゃない。よそにいくらでも場所があるでしょう」

「ここで営業する契約なので、文句はそっちにどうぞ」

駐車場の壁に貼られた、問い合わせ先の看板を指すと、女性は露骨に不快な表情を浮かべ、向かいの家の中に引っ込んでいく。

降り続く雨の中、ぱらぱらと見覚えのある客が来て、去っていく。買ったスープを食べる場所がなく、購入してくれた客たちを困らせた。幸か不幸か、行列ができることはなかったから、カウンターの雨よけテントの下で食べてもらった。営業場所探しに頭がいっぱいで、それ以外に無頓着すぎた。これでは新規客が買いにくるわけがない。

向かいの家の窓のシャッターが開いた。開店時に文句を言いにきた女性が顔を出した。

臭いと言わんばかりに鼻の前を手のひらで扇ぐ。

少しでも早く営業を終わらせるよう、プレッシャーをかけようとしているのか。要は相手を睨み返した。

汐里の開拓した、江南観光バスの駐車場は住宅街の中にありながら、すべてが揃った場所だったのだと、改めて思う。フードフェスで、これまで驕っていたことに気づかされた。それから、少しは成長したつもりだったが、ここに来て、自分にあったのは運の良さだけで、周りの環境にいかに助けられていたのかを、要は理解した。

とにかく契約の時間内で一杯でも多く売る。気持ちを奮い立たせたとき、

「おい、来たぞ」

テントの下に妻を伴った松本が入ってきた。

「松本さん、なんで場所わかったんですか」

「おまえこそ、なぜ私に場所を知らせない」

それは雨の中電車を乗り継いでまで、スープを買いに来るとは思わなかったからだ。

「あのね、光南観光バスの事務所に寄ってから来たのよ。女性の事務員の方が、丁寧に地図を書いてくれてね」

由美子はハンドバッグの中から、折りたたまれた紙を取り出した。SNSで情報を調べ、プリントアウトした地図に場所を記したものを、持たせてくれたらしい。

「少し話を聞いてきたけれど、美野さんも大変ね。これから毎週場所を探さなきゃいけないんでしょう。でもわたしたちはいつも、あなたを応援しているからね」

「なぜわたしたち、なんだ」

彼女の言い方が気に入らないようで、松本が不満を零している。

「ラタトゥイユはどうなったんだ」

カウンター周りを見回して、メニューを探している。

「あれから作ってないです」

「試食までさせておきながら、もう諦めたのか」

「諦めたわけじゃないですよ。今はそれどころじゃないだけで」

要が口調を強めると、まあまあ、と由美子の穏やかな声が割り入った。

「焦ることないわ。夫はせっかちだから、すぐそうやって人を煽るんだけど、なんだってそんなに簡単にはできないわよね。こつこつ真面目にやるしかないのよ、誰も見ていないと思うときにも。長く続けているうちに、あなたの頑張りに気づく人が、ちゃんと増えていくから」

「そうでしょうか」

キッチンカーを始めたばかりの頃より、仕事に真剣に向き合うようになったし、努力も重ねているはずなのに、客数は減っている。メッキが剥がれ始めたのだ。離れていった人たちに、もう一度振り向いてもらえるとは思えない。

「大体、商売をしているというのに、お前には愛嬌がない」

松本の顔が険しくなった。

「それならわたしたち、こんなところまで追いかけて来ないでしょう。この間だって、よし野のラタトゥイユについて訊かれたっていって、張り切って家を出ていったんだから。この人はね、本当はあなたのことが、かわいくて仕方がないのよ」

由美子が顔を綻ばせた。

要はそれを受け流し「松本さんの方がないですよ、愛嬌。商売してたのに」とやり返す。

「本当にそうよね。雨だけど来てよかったわ。今日も楽しい日ね」

彼女は仏頂面の松本に構わずに、明るい笑みを見せている。

「汐里ちゃんはどうしてる？　新しくできるカフェで働くことになるって聞いて、楽しみに待っているんだけど」

「店はまだ準備中みたいですけれど」

ミントを連れて出て行ってから、気まずさもあって一度も会っておらず、詳しいことはよくわからない。

「お店では、またお話ししたりできるのかしらね。わたしね、お気に入りの紅茶専門店があったのよ。でも、汐里ちゃんのキッチンカーに行くようになって、淹れているところを見させてもらったり、話をしたりして、すっかりはまってしまって。笑顔こそが最高のスパイスなんだなって、この歳になって気づいたの」

だからね、と彼女は言葉を継ぐ。

「キッチンカーって素敵なお仕事だと思うのよ。色んな人が来るから大変なこともたくさんあるだろうけれど、頑張って続けてね。美野さんはまだ二十一歳でしょ？　すごいわよこんなにしっかりしていて」

「私が二十一のときは、もうちょっとものを考えられたぞ」

松本がうそぶいた。

「あら、そうだった？」

二人のやりとりを聞いていると、笑い出してしまいそうになる。松本は、妻には完全に頭が上がらないのだ。

スープを作る間、よし野の昔話を聞いていると、改めて感謝の念がこみ上げてきた。毎週決まった客が来ることさえ、どこかで当たり前だと思っていたのだ。

帰り際由美子は、窓から睨みを利かせていた中年女性に、丁寧に頭を下げた。その姿に何を感じたのか、彼女はぴしゃりと窓を閉めて部屋に戻っていった。

「汐里ちゃんにもよろしくね」

傘を差す後ろ姿が遠くなっていく。二つのスープはビニール袋の中だ。自宅まで持って帰り、温め直して食べるのだろう。

鍋を洗おうとしてシンクに向き直ると、二十代半ばくらいの、痩せた男性がテントの下に入って、傘を畳んだ。

「一つお願いします」

通りすがりに立ち寄ったのだろうか。要がスープを作り始めると「この間河川敷のフードフェス、行きましたよ」と声をかけてきた。

「お兄さんのところに投票したよ。友だちと一緒に。いやまさか、こんなところでまた会えるとは思ってなかったから、驚いてしまって。あ、あとで写真撮っていいですか？」

呆気にとられたまま、要は頷いた。

「惜しかったよね、あのフェス。次やるとき、また出るんでしょ」

「いや、まだそこまでは」

「ええ？　絶対に出なよ、出なきゃだめだって。フェスでは俺も友だちも、威勢の良いお兄さんの勧誘に負けて、スープ買っただけだったのに。今じゃ〈グラタ〉のファンだからね。近くだし、友だち連れて必ず推しに行くからさ」

スープを渡した後も帰ろうとはせず、フェスで回ったキッチンカーについて、気圧されそうなほど熱く語り続ける。〈アレグリア〉のサンドイッチも食べたらしいが、彼にとっては、〈グラタ〉が断然上だそうだ。

ＳＮＳの交換をして男は「また必ず買いに来るよ」と、去って行く。

要は売上ノートの正の字に直線を一本書き足した。これまでにない感情がこみ上げる。

キッチンカーを始めてから、数字だけを追い求めて、闇雲に走り続けていた。だが、ここに書かれているのはただの数字ではなく人間だ。誰かの想いなのだ。

「まじでガキだな、俺」

〈グラタ〉のスープが本当に好きで、投票するために来てくれる、そういうお客さんを掴んでいることが、一番大切なんだと思う。いつかの汐里の言葉が蘇る。

ゆっくりと息を吐いて顔を上げる。思い返せば、形を変えて何度も言われ続けていたことだ。彼女にとっては、ずっと心に留めている、当たり前のことでしかなかったはずだ。たった今気づいたばかりのことさえも、通り過ぎてきた道だったのだ。

「さてどうするか」

雨は依然として止まない。このままでは生活が成り立たないという焦りもあるが、とにかく、長く続けることだ。周りの人たちがかけ続けてくれた言葉が、今になって実感を伴ってきていた。

この手で守る覚悟を

要はベッドに転がって、仕入れ帳簿を眺めていた。

仕事を始めてから順調に増えていた発注量は、光南観光バスの駐車場を使えなくなってから激減、キッチンカーを始めたばかりの頃よりも、少なくなっている。

さすがに何かおかしいと思ったのか、祖母の代からつき合いのあるベーカリーや精肉店、八百屋の店主から事情を訊ねられるようになった。

ベーカリーには、これまでずっと許容を超えた注文を押しつけてきた。フードフェスでは、ほぼ夜通しの準備を強いることになり、いい顔をされなかった。それなのに今度は発注を減らすとなれば、文句を言われてもおかしくない状況だったが、あなたは大丈夫なの？　と心配され、少しずつ互いの話をするようになった。

自分のことだけで手一杯になり、相手のことを何一つ気遣えていなかったが、今度は支えようとしてくれる人のために、努力をしたい。心からそう思ったとき、要は無性に汐里の顔が見たくなった。

帳簿を閉じて、ベッドから起き上がった。

二十二時。この時間ならさすがに家に帰っているだろう。連絡を入れようとして、スマホを持ったが、すぐにポケットに押し込んだ。これまで家に行く前に連絡を入れたこともないのに、今さら送るのもおかしい気がする。

靴を引っかけて、要は家を出た。自転車を走らせて汐里のアパートに着くと、呼吸を整えながら階段を上がる。

ドアの前に立つと、ミントの声が聞こえてきた。腹を空かせているのか、執拗に鳴き続けている。インターホンを押しても応答はなかった。

「まだ帰ってないのか。何時まで働かせてるんだよ」

アパートを出て、最寄りの駅へと向かう。近づくにつれて人通りが多くなり、自転車を押して歩いていると、ロータリーに停まっていた黒い車から、華奢な女性が降り立った。汐里だ。

久しぶりに見る姿に、要は足を止めていた。

今日は髪を一つに纏めている。腕の透けるシフォンブラウスにライトグレーのパンツ、ヒールのパンプス。肩からはグリーンのバッグを提げている。仕事着はいつになっても見慣れない。

相手はまさか。車を凝視していると、運転席から見覚えのある男が顔を出した。久瀬だ。

別れの挨拶か、明日の約束か、一言二言交わして、車は走り去っていく。

見えなくなるまで律儀に見送ってから、汐里はアパートに向かって歩き出した。一人になったとたんに笑顔が消え、表情が沈む。

何かを考え込んでいるのか、正面を見ているはずなのに、要に気づく気配もなかった。そのまますれ違いそうになり、呼び止めた。

「川澄さん」

その瞬間、汐里ははっとして顔を上げた。驚きの表情はやがて、取り繕ったような笑みに変わる。

「美野くん。どうしたのこんな時間に」

「送ります、家まで」

自転車の向きを変えて横に並び、汐里のアパートへと歩き出す。

「久瀬さんですよね、さっきの車」

「ええと、この近くに用事があるって言ってたから、ついでに駅まで送ってもらったの」

「新店ですか？　こんな時間に？」

曖昧な笑みを浮かべ、今日ね、と汐里は仕事の話を始めた。

「メニュー開発チームのミーティングに参加させてもらったの。季節のデザートに合う紅茶について話をしていたんだけど。わたし、今さら怖くなっちゃって」

「怖いって？」

「夏のメニューで、ケーキや焼き菓子と一緒に、果物がたくさん入った、食べるフルーツティーを出したいんだって。果物の組み合わせとか、それに合う茶葉とか、紅茶の風味を壊さない方法とかたくさん訊かれたのに、わたし、何一つちゃんと答えられなかった」

汐里は顔を曇らせたまま、俯いた。

「それは仕方ないと思いますけど」

「仕方なくないよ。久瀬さんから紅茶の専門家みたいに、会社の人たちに紹介されたのに、なんの役にも立たないなんて」

「いや、俺が言いたいのはそういうことじゃなくて」

要は背中を丸めて自転車のハンドルに肘をついた。斜め下から、汐里の顔を覗き込む。

「川澄さんって、好きな色ですら一日がかりで真面目に考えるじゃないですか。だから言えばいいんですよ、時間をかけて考えたいって。向こうは川澄さんの意見が知りたいんだから、待ちますよ」

そっか。汐里の唇から、ぽつりと声がこぼれる。

「みんなものすごく頭の回転が速くて、会話はどんどん進んでいくし、わたしも早く何か言わなきゃって、焦ってしまって」

「何か話そうとするとき時間がかかるのって、相手のことを真剣に考えてるからでしょう。

紅茶のことなら、適当なことも言いたくないでしょうし、それって川澄さんの長所であって、落ち込むことじゃない気がするんですけれど」

汐里は唇を引き結んだ。

瞳が潤み始めたのに気づき、要は話題を逸らす。

「ええと、俺は馬鹿なんで、思ったことすぐに言うし、そのせいで今日だって、ろくなことないですよ」

本当はたくさんのことを学んだ日だったが、黙っておいた。他人の気持ちにただ寄り添いたい、そう思うのも初めてかもしれない。

「ごめんね、急にこんな話して。最近ずっと悩んでいて。光南観光バスの駐車場で営業できなくなって、みんなちゃんと次に向けて動き出しているのに、わたしだけがふわふわしてる気がして。久瀬さんとも話をして、働くことを決めたのにね」

泣き顔に貼りつけたぎこちない笑顔を、要は見ていられなかった。

「それは、俺が元凶のような気がします。久瀬さんのところ行けばいいって言ったし」

汐里は首を振る。

「時間をかけて考えて、自分で決めたことなの」

何度も対話を重ねたのだと、汐里は言った。未来を語る久瀬を見ていると、新しいことに挑戦しなければ、取り残されてしまう気がして、不安を抱えつつも、働くことを決断したらしい。

「愚痴なんて聞かせて。だめだなあ、わたし」

何を言ったら慰められるかわからずに、要は空を見上げた。雲の切れ間から、月が顔を覗かせている。

「俺は我が儘なんで、周りに足並み合わせようと意識してないと、本当に誰とも合わないし、まあ意識したところで、誰とも合ってないんですけど。川澄さんだったら、こんなに自分勝手で、って思うようなことしても、たぶん、誰もそうは思わないですよ、うん」

「そうかなあ」

「川澄さんは自分のことしか考えないくらいで、ちょうどいいんじゃないですかね」

鼻をすすっていた汐里は、ようやく笑顔を見せた。

「ありがとう、美野くんと話したら、もうちょっと頑張ろうっていう気になった」

「それなら、よかったですけど」

久瀬のように気の利いたことを言えたら良かったが、何も思いつかない。もう少し人生経験があればと、歳の差が恨めしくも、もどかしくもある。

「美野くん、どうしてこんな所にいたの？」

「ああ、ミントが」

言いかけたとき、汐里が急に立ち止まった。右足のパンプスを脱いで、膝を折って足首を掴み、振り向いて踵を確認する。靴擦れで皮が捲れてしまったのか、暗い中でもストッキングに黒っぽい染みがついているのが見える。

「ずっと我慢してたんですか」

「ヒール、履き慣れなくて。絆創膏貼ってたのに、ずれたみたい」

「乗ってください、後ろ」

要は自転車の荷台を、手のひらでぽんと叩いた。

「二人乗りってだめだったような気がする」

そんなの今はどうだっていいじゃないですか。口を衝いて出そうになった言葉を呑みこんだ。誰かが見ているからきちんとする、見ていないから手を抜く、などということができないのが彼女なのだ。

「じゃあ、俺が歩きで。川澄さん靴脱いで自転車乗ってください」

要は汐里にハンドルを預けてから、鞄とパンプスの片方を預かった。汐里はふらつきながら、ゆっくりとペダルを漕いでいる。

「普通の速さでいいですよ」

スピードが少し上がり、要は歩調を速める。

「遅いほうがガードレールに激突しそうだし、見ていて怖いです」

するともう一段速くなる。

「風、気持ちいいね」

「今度、車でどこか大きい公園行きましょう。あるじゃないですか、自転車貸してくれるところ」

段差を踏むと、括られている髪が跳ね上がる。汐里は振り向かないまま、小学校以来、公園でサイクリングしてないかもと、声を弾ませている。

アパートに戻ると、汐里はもう片方のパンプスも脱いで、ぺたぺたと楽しげに階段を上がっていく。

顔は見えないのに、今はなぜだか笑顔だとわかる。

部屋の前で、預かっていた鞄を返した。ドアの向こうではミントが怒気を含んだ声で鳴いている。食事の時間をもうとっくに過ぎているからだ。

「じゃあ、俺はここで」

汐里が鍵を手に持ったまま、振り返った。

「今日、美野くんと会えてよかった。明日からまた、頑張れそう」

微笑みが次第に消えていく。表情と、言葉がちぐはぐだ。

要は汐里の背中に腕を回した。身体を引き寄せて肩に顎を載せる。爽やかなシトラスの香りがふっと抜け、つま先から緊張が駆け上ってくる。

困らせてしまっているだろうか。顔を覗こうとすると、汐里は鼻をすすりあげた。いつかの夜、泣かせてしまったことを思い出し、要は慌てて腕を解いた。

「すみません、つい」

「違うの、ごめんなさい。急に触れられたから緊張して。それだけなの」

弁明する声は震えていた。

緊張？　要の頭が冷静になっていく。

「川澄さんって辛いとか悲しいとか、嬉しい以外で泣くとか、あったりしますか」

汐里は、何度も頷いた。

もしかすると、何かとんでもない勘違いをしていたのではないだろうか。

「とりあえず鍵を。ミントの怒りがいよいよ最高潮です」

汐里は慌てながら鞄を探り、鍵を挿した。

「美野くん、開けるよ？」

要はしゃがみ込んだ。隙間が空くと、暗闇の中にミントグリーンの瞳がきらりと光る。腕を伸ばして素早く抱き上げると、汐里は餌を用意すべく、キッチンに駆けていった。

いつでもきちんと片付いた、居心地の良い部屋。ダイニングテーブルの上には一輪挿しが置いてある。バラの花に一緒に添えられていた青々としたグリーンだけが、いまだにそこに飾られていた。

告白して以来、返事ももらえないままで、汐里はその話題に触れることもない。だが、真剣に考えてくれているのだ。

それが長所だと言い切ったからには、自分に関することだけは別だ、とは言えない。できるのは、アプローチを続けながら根気よく待つことだけだ。

出店場所がその都度変わると、売上がばらついて収入は不安定になるが、新しい出会いもある。毎週ではなくともペースを守って来店し続けていた、常連一人ひとりの顔が見えるようになってきた。

変化を前向きに捉えながら、週末の営業を愉しんでいた要のもとに、制服姿の麗花が現れた。仮設事務所から電車で三駅の場所とはいえ、ここまで来れば往復だけで休憩が終わってしまう。

何事かと様子を窺うが、麗花は構わずに「一つお願い」と財布を開く。

「調子はどう？」

「死ぬほど暑いです」

「何よ、それ。久しぶりなんだから、もう少し何かあるでしょ」

以前はまなじりを吊り上げてばかりだったのに、白い歯をこぼして笑っている。

「忙しければ車内の熱気にも耐えられるんですけれど。暇だと狂いそうです。それより今日はどうしたんですか、わざわざこんな遠くまで」

要は麗花の目を覗き込んだ。

「急にオニオングラタンスープが飲みたくなって」

「絶対に嘘ですね」

他のキッチンカーには足繁く通っていたが、麗花が〈グラタ〉のスープを飲んだのは出店初日だけだ。わざわざここまで買いに来る理由がわからない。

「本当よ、だってうちの駐車場でやってたとき、〈グラタ〉は行列がすごくて休憩中には買いに行けなかったし。とか言って、今日は美野くんに用事があって来たんだけどね」

言いながらも、先程とは打って変わった不敵な笑みを浮かべている。嫌な予感しかない。

「SNSは見てるわよ。来週の出店予定、まだ決まってないのよね」

「まあ、今のところは」

慎重に答えると、麗花は更に質問を重ねてきた。

「キッチンカーはずっと続けるわよね」

「やりますよ。学費も生活もあるし、俺ができることなんて、他にないので」

麗花はよし、と鞄からクリアファイルを取り出し、カウンターの上に置く。

フードバトルの文字が目に留まり、要はそれを取り上げた。社内向けの企画書だ。出店予定キッチンカーにはすでに、オニオングラタンスープトラック〈グラタ〉の記載がある。

「次の日曜日単発か。急すぎませんか、人が集まりますかね」

以前参加した河川敷のフードフェスも不定期開催だが、年に複数回あるイベントだし、一ヶ月以上前から告知をしている。

「集客はこっちでどうにかするわよ。商店街のお店にもポスターを貼らせてもらったりもできるし、チラシのポスティングしたっていいし」

「埋め合わせのつもりですか？」

「あんたって、飼い主以外には全然なつかないのね。せっかく、おいしい餌をやろうってのに」

麗花は要の手から企画書を取り上げて、鞄の中にしまった。

「今回はキッチンカーだけじゃなくて、第一営業所近くの飲食店にも打診してる。日曜休みのお店に限られるけどね。急ごしらえの適当なイベントだと思ってるのかもしれないけど、わたしなりに準備はしてる。五位じゃ嫌だったんでしょ。だったら今度こそ久瀬さんに勝って、ぶっちぎりで一位獲りなさいよ」

「そこまで煽られなくたって、出ますよ。麗花さんがわざわざここまで来たのに、断れるわけないでしょう」

落ち着いた声で応える要を、麗花は唖然と見つめていた。

「美野くん、しばらく見ないうちに、ちょっとは大人になったんじゃない？」

要は出来上がったスープを袋に入れて、カウンターに置いた。

「脳が痺れるくらい辛くしておきましたよ。麗花さん、ほとんど一人で仮設事務所にいるんですよね。退屈だから、刺激が欲しくてたまらないんでしょう」

冗談でやり返すと、麗花は唇に薄く笑みを浮かべた。


早朝から降り続けていた雨が上がり、雲の合間から太陽が顔を出した。国道沿いにある、光南観光バス東京第一営業所の一角はすでに賑わいを見せている。

バスがすっかり出払った駐車場には、馴染みのキッチンカー四台の他に、近隣で営業している飲食店の、出張販売のテントがずらりと並ぶ。

イベントは始まったばかりだが〈グラタ〉には早くも行列ができていた。今先頭にいるのは、女性三人のグループだ。周囲が振り向くほど、底抜けに明るい声を響かせている。

「だからわたしはねえ、耳が良くないのよ。もう一度言ってくれる？」

紫色の綿飴のような髪、それと同じやわらかな色合いの杖をついた一人の女性が、要に向かって大声で言う。

「あの、たぶんそれはスパイスじゃ治らないです。無理なんで、病院行ってください」

声を張ったが、彼女は耳に手を当てて「ええ？」と訊き返してくる。

〈グラタ〉がその人に合わせたスパイスの調合をするという噂をどこで仕入れたのか、肝臓の調子が良くない、緑内障が進んで、と、老女たちは診察気分で、要に訴えてくる。

初めは真面目に対応しようとしていたが、限界だ。

「だから、耳は病院行った方がいいですよ。俺、医者じゃないし」

もう一度繰り返すと、周りにいた彼女の仲間たちが、急にけらけらと笑い出す。この人耳は遠いけど、本当に押し絵が上手なんだから、と手提げからちりめん生地で作られたアジサイの壁掛けを取り出した。地域の老人会で作ったものだという。

「それ自分で作ったんですか。すげえ」

初めて見る押し絵に驚いていると、お兄さんにあげるよ、とカウンターの上に置く。相手の声はよく聞こえなくても、褒められたということはわかるらしい。

「由美子さんが言っていた通り、素直でいい子ねえ」

誰かがそう話す声が聞こえ、偶然ではなく紹介で来ていたのかと気づく。要は慌てて会釈した。今日投票があると知った由美子が、親しくしている人たちに、声をかけてくれていたらしい。

「ねえ、主人の薄くなった髪に効くのは何？」

女性たちの明るさにつられて、要も笑う。スープが出来上がるまでの間、冗談は片時も途切れそうにない。

スープを渡し、求められるがまま握手を交わして、女性たちに別れを告げる。話に夢中になってこぼしはしないかと、離れていく背中を見送っていたとき、順番待ちの列の中に見覚えのある顔を見つけた。

住宅街で出店したとき、次は絶対に推しに行くよ、と言ってくれた男性客だ。本当に来てくれたのだと、要の胸に驚きと共に感動がこみ上げる。

少しペースを上げていかないといけない。改めて次の客に目を向けると、案内係の腕章を着けた、麗花と丹羽だった。

イベントを開始したばかりなのに、彼らはここに並んでいて大丈夫なのだろうか。不思議に思っていると、後ろに並んでいた顎と首が一つになった、恰幅の良い中年男性が前に進み出て、麗花のすぐ横に立った。どうやら二人の知り合いのようだ。半袖のポロシャツにスラックスという出で立ちではあるが、光南観光バスの関係者かもしれない。

スープ三つの注文を受けた後「これうちの社長、挨拶して」と丹羽から小声で告げられて、要は頭を下げる。

「東京第三営業所では、君が一番売ってたんだろう、頑張って休日の駐車場を盛り上げてくれていたんだって？」

「色んな種類のキッチンカーが集まったおかげで、賑わっていたんだと思います。ちなみに、最初に始めたのは彼女なんで」

向かいで営業している、ミントグリーンのキッチンカーを指す。その話もすでに知っているのか、彼は満足げに目を細める。

「第三営業所の面々がね、キッチンカー用の空きスペースは、できるものではなく作るものだと訴えてきた。麗花くんなんて、週末、駐車場に残っているバスを近隣の営業所に移動してでも、やるべきだって言ってねえ」

加賀谷にいたっては、機嫌までとろうとしてくる、と困り顔だ。横で大人しく話を聞いていた麗花が会話に入ってきた。

「うちの会社はネットでの営業も得意じゃないし、こういった催しをすることで地域の人たちとコミュニケーションをとって、仕事に繋げていった方がいいと思うんです」

ただ通り過ぎるだけだった人たちが、キッチンカーをきっかけにして、敷地に足を踏み入れるようになった。観光バス会社を地域に馴染ませたのが、キッチンカーの存在だったのだという。

実際に東京第三営業所では、地元企業や近隣施設からの送迎や、貸し切りバス旅行の依頼が増え、細やかな対応をしてもらえると評判が良いのだそうだ。空きスペースを活用し、場所代で少しでも売上を伸ばす、初めはそれが目当てだったが、想像以上の成果を挙げたらしい。

今回は自社の旅行相談スペースを設けるほか、近隣の飲食店や小売店、動物の保護活動をする団体まで巻き込んだイベントだ。

反響を体感させ、建て替え中に他営業所での、フェスの定期開催について検討してもらう。要にキッチンカーを続けるかどうか訊いてきたとき、彼女の中にはすでにこの計画を推し進める、覚悟があったのだ。

「麗花さんにそんな情熱があったなんてねえ、美野くん」

丹羽がカウンターに肘を突き、ぼそりと呟いた。

「わたしがキッチンカーをどこかの営業所で続けるべきだと思ったのは、美野くんが意地になって出店し続けてたからよ」

麗花は腕組みして、要を見上げた。

「ちょっと他でやってみて、稼げないと判断したら、割の良いバイトでもするのかと思ってた。それなのに、美野くんだけが続けてるし、売れないのに前よりも楽しそうにしてるじゃない」

「見てないのに、なんで楽しそうだってわかるんですか」

「SNSでお客さんとやりとりしているのを見て、何も気づかないほど馬鹿じゃないわよ、わたし」

麗花は整った眉をひそめている。社長が突然ぱん、と両手を合わせた。

「そうだ。この事業はもう麗花くんに一任するのがいいかもしれないね」

「ええ？　わたしただの事務員なんですけど」

スープが出来上がると、丹羽は小脇に抱えていた丸盆の上に載せ「社長、次はあちらです」と、新しい事業の話に夢中になっている二人を〈アレグリア〉へ誘導し始めた。その後、他のキッチンカーにも顔を出すのだろうか。

ふと快活な笑い声が耳に入ってきて、要は向かいのキッチンカーに目を向けた。

鴫原が自分の仕事を放棄して、〈シュシュ〉の看板の前で、学生らしき女性二人にメルトミントティーの説明をしている。汐里はそれに負けじと、カウンターから身を乗り出して、鴫原のキッチンカーの団子を勧め、客を悩ませている。

「何やってんだ、あの二人は」

河川敷のフードフェスに比べて規模こそ小さいが、今日は投票があるというのに。スープを作りながら様子を眺めていると、汐里たちが接客していた女性客は、財布を出した。結局二人とも両方で買い物をするようだ。

「すみません、パンを増量してもらうことって可能ですか？　料金追加でもいいんで」

提供待ちの客から声がかかった。バゲットを増やせば水分を吸ってしまうから、スープとして成立しなくなる。

「じゃあ別添えでバゲットでも。あ」

要はカウンターから身を乗り出して、隣に停まっている久瀬のトラックを覗き見た。注文待ちは二組のみ、前回のフェスと同じ三人態勢だから、提供が早い。

「お客さん、隣のトロピカルサンドって食べたことあります？」

「いや？」

「あそこ、河川敷で定期開催してるフードフェスで、前回一位獲ったところなんですよ。フルーツソースを使った甘塩(あまじょ)っぱいかんじのサンドイッチなんですけど。袋くれるし、冷めてもうまいんで、食べきれなかったら持って帰れますよ。よかったらどうですか」

一度食べたことがあったから、すらすらと言葉が出てくる。

「うちのスープを飲みながら向こうの列に並ぶと、食べ終わった頃ちょうど買えるかもしれないです」

「うまいこと言うなあ、じゃあ並んでみるよ」

スープを受け取ると、客はそのまま〈アレグリア〉に向かって行く。後ろに並んでいた女性にも話が聞こえていたのか、振り向いて他のキッチンカーを気にし始めていた。

「向かいの店の紅茶、質の良い茶葉扱ってますよ。元専門店の人がやってるんで」

要が声をかけると、女性はイベントのチラシに目を落とし、悩むような素振りを見せる。

「全部気になるけど、スープ飲んで、隣のサンドイッチ食べて、そのあとにお団子と紅茶だと、さすがにちょっとやりすぎかも」

「それだとコース料理みたいですしね」

何気なく発した言葉がなぜか頭に留まって、コース料理か、と要はもう一度繰り返す。それも光南観光バスに集まるキッチンカーならではの、特徴なのかもしれない。

一ヶ所に複数台の出店があっても、公園では小腹を満たすための軽食が中心、オフィス街では丼物や弁当など、需要に即した車が集まることがほとんどで、スープや紅茶を専門としたキッチンカーは珍しい。

〈シュシュ〉と〈グラタ〉なら、他での食事を勧めたとしても、こちらの商品を買ってもらえなくなるということもない。専門店としての強みはむしろ、他の出店者がいる方が活かせるのかもしれない。

もしかしたら光南観光バス主催のイベントには、競い合う以外にも様々な可能性があるのではないだろうか。

スープを渡すと、女性は「やっぱり、せっかくなので行ってきます」とアレグリアの列に並んだ。キッチンカー巡りをすることに決めたのかもしれない。

要は次の注文を取ろうとして顔を上げた。住宅街での出店時、フードフェスがあれば絶対行くと言っていた男性客だ。友人を二人連れている。

「お兄さん、推しにきたよ。次はまた荒川のフェスかなと思ったけれど、すぐだったね。まさかこんな珍しい場所でイベントやるとは」

「営業所の人が、今日成功すれば、またここで出店させてくれるかもしれないって」

「じゃあかなり重要な日だね。前にバス会社にいた車だけじゃなくて、もっと他のキッチンカーがいた方が、倒し甲斐あって良かった気もするけど」

彼はとにかく〈グラタ〉が勝つと信じて疑わないようだ。

「テント出店、うまい店多いみたいですよ」

「でもやっぱりちょっと、雰囲気が違うよね。のんびりしてるのが地元っぽくて、良いっちゃ良いんだけど」

要はテントに目を向けた。手前にある中華料理店は、散歩ついでに立ち寄ったらしい顔見知りと、延々と話をしている。麗花の企画はバトルとはなっているが、勝ち負けにはあまり関心がないのだろうか。

「この辺り、古くからやってる店が多そうだし。周りとのつき合いがあるのかもな。まあとにかくお兄さん、今日は圧勝しようよ、サンドイッチトラックに。そうすれば〈グラタ〉は話題になるって」

友人の分まで彼が払うらしい、三杯分まとめた金額を、キャッシュトレーの上に置く。受け取ろうとしたが、悩みながら手を下ろし、要は男性を見つめた。

「あの、ちょっと聞いてもらってもいいですか」

「え、俺?」

驚きながらも、すぐに「何?」と一歩カウンターに近寄ってきた。

「今日のフードバトル、参加を止めようかと考えてて」

「どういうこと」

男性の表情に困惑が広がった。投票のためにわざわざ足を運んでくれたのだから当然だ。

「勝つ自信がないとか、そういうことじゃないです。色々話をしていて思いついたことがあって、もしかしたらそれを実行するのは今なんじゃないかと」

要はとりあえずスープを三杯分用意し始める。

「選べるランチコース、っていうのをやってみたらどうかなと思うんです。他所ではできないことなので」

考えたのは、キッチンカー他、テント出店をしている飲食店の一押しメニューを組み合わせたオリジナルコースを作り、提供するという企画だ。汐里や鳴原をまねて他のキッチンカーの商品を勧めてみたら、客は興味を持って買いにいってくれた。

これが、一品で食事が完結するメニューを扱う店ばかりだったら難しいが、ここに集ったキッチンカーなら可能だ。テント出店店舗にもバリエーションがあり、組み合わせを考える楽しみも増えるし、競い合わないのであれば、出店者自身もイベントにもっと積極的になるのかもしれない。

「競争というよりは共闘ってことか」

詳細を聞いて、彼は顎に手を当てて唸った。

投票のために、わざわざここまで足を運んでもらった意味がなくなる。批難されるかと思ったが、男性は「いいんじゃない？」と、気が抜けるほどあっさりと賛成した。

「え、いいんですか。わざわざ投票のために来てくれたのに」

「イベントがなくてもお兄さんの店にはどうせ来るし、投票は友だちにスープを飲ませたいがための口実だって」

友人たちは笑っている。彼らは会社の同僚のようで、よく〈グラタ〉の話も聞いていたらしい。投票のために一時間半かけて、この会場まで足を運んでくれたのだと知って、勢いのままに考えを話したことが申し訳なくなった。

「順位付けされると『舐められてたまるか』って、こっちもつい熱くなるけどさ、俺は結局のところオニオングラタンスープがうまいから飲みたいし、他の人にも飲んでみてもらいたいって、思ってるだけなんだよ。だから異存なし。次に繫がるんでしょ、それが一番いいよ」

「ありがとうございます」

他に言葉が見つからずに、礼を言うことしかできない。

「俺らは食べたいから来てるだけだよ。お兄さんのおいしいスープ飲ませてもらうために、客ができることなんてそれしかないんだから、ありがとうはこっちのセリフだって。俺の友人に気を遣うなら、競い合う以上に盛り上げてよ」

背中を押されることで、考えが次々と纏まっていく。問題はこれをどう実行するかということだ。

「お、せっかくだから、その人にも訊いてみたら？」

男性は要の後ろを指した。振り返ると、トラックの中に久瀬が乗り込んでくるところだった。

「なんだここ、異常に暑くないか？　スポットクーラー入れないと、倒れるぞ」

「なんですかいきなり」

車内の装備を見回している久瀬に、仕事をする手だけは止めずに訊く。

「〈グラタ〉から、うちのサンドイッチを紹介された、ってお客さんが来た」

「それに何か問題が？」

ぶっきらぼうに応えると、久瀬は目尻に皺を寄せる。

「勝つための秘策でもあるのかと。それを探りにきた」

勝手にシンクを使って手を洗い、袖を捲って肘まで消毒する。要が器にスパイスを合わせたスープをよそうと、久瀬はオーブンからバゲットを取り出して、上にぽんと載せた。

グラナパダーノチーズの山をさらさらと匙でかける。

いつの間にこちらの手順を覚えたのか。バーナーでチーズを焙った後、すぐにイタリアンパセリを添える。なぜ、自分のキッチンカーを放置して手助けをしようとするのだろう。

「うまくいくといいね、どちらにせよ」

客の男性は去り際、要に声をかけてから、飲食用のテントに向かって行った。

「どちらにせよ、って、何かあるのか？」

久瀬は次の客のオーダーを取った後、訊いてきた。手伝いを止める気はないようで、器を並べ出している。

「ちょっと、なんなんですか本当に」

要は小声で問いかける。様子見ならば、遠くから眺めていればいいだけだ。

「次は俺に勝つんじゃなかったのか」

久瀬は真剣な口調だった。いつだったか、そんな話をしたような気もする。要は再び、向かいのキッチンカーの愉しげなやりとりを眺めた。

鳴原は手が空くと〈シュシュ〉の前に戻り、メルトミントティーの看板を掲げる。汐里はそれを見て、明るい声を響かせて笑っている。愉しげな様子に興味を持った一組のカップルが足を止めた。鳴原は〈エナガ団子〉の宣伝も怠らず、客たちの笑いを誘っている。

「ちょっと俺、やってみたいことがあるんです」

要は久瀬に耳打ちした。

思いついたことをぽつぽつ話すと、面白そうだなと、彼はすぐに詳細を聞きたがった。仕事をしながら話すうちに、下書きの状態でしかなかった企画は膨らんで、具体的な計画になってくる。

少し前までは自分が一番になることだけで頭がいっぱいだった。けれども今は違う。

「麗花さん、ちょっと来てください」

人混みの中に姿を見つけて、要は声を張り上げた。〈グラタ〉に久瀬がいることをただ事ではないと思ったのか、麗花はすべてを丹羽に押しつけて、キッチンカーに戻ってきた。

「ここを離れられないだろ。説明は俺が」

〈グラタ〉の行列に一旦目を遣って、久瀬が言う。

「お願いします」

要は素直に従った。

久瀬は車を降りて、カウンターの脇で麗花に計画を伝えている。「はあ？」と抗議の声が上がり、並んでいる客たちの視線を集めた。

「無理よ、今日三社もフードバトルの取材が入るのよ」

「イレギュラーは記者の好物だと思うけど」

人気飲食店を複数経営する若手オーナーとして、取材慣れしている久瀬が言うと、いい加減に聞こえそうな一言にさえ説得力がある。

「地域密着型、光南観光バスならではの企画は、会社の良い宣伝にもなるはず」

押し黙っていた麗花が「信じられない、わたしの裁量でそれをやれと。頭が痛くなってきた」と、目を伏せた。

「さっき社長、この事業は全部麗花さんに任せるって、言ってたじゃないですか」

要の煽り文句に「あんた、わたしを祭り上げるなら覚悟はあるのよね。失敗したら恨むわよ」と、太い声で言い、踵を返して駐車場の入り口へと歩いていく。イベント情報のチラシを来場客に配り続けていた加賀谷を、早速呼びつけた。

「わざわざ麗花さんを怒らせるなよ。本当は、恩返しのつもりで企画したんだろ？」

呆れたような声を出しながらも、久瀬は目尻を下げている。

「俺が何を思ってるかなんて、関係ないです。結果次第でしょう」

急にせり上がってきた緊張を押し込めようとして、要は唇を結んだ。

「さて。要、やるか」

動き始めてしまったら、もう後戻りはできない。要は突き出された拳に、自分の拳を合わせた。

麗花はバス会社の社員への説明に奔走し、久瀬は出店者への説明に回る。やがて合流すると、二人は真剣な目で話し合いをする。

要はスープを用意しながらも、内容が気になって仕方がなかった。

十二時を前にして、駐車場内のスピーカーが入った。しどろもどろな加賀谷のアナウンスが流れたとき、事務所から麗花が印刷物を抱えて飛び出してきた。ランチタイム突発イベントの開始だ。

光南観光バスの社員たちは手分けして、来場していた客たちに、突貫で作成されたチラシを配り始める。

「美野くん、これ見ておいてね」

麗花は接客している横から、カウンターの上にチラシを置いていった。

『限定百食・光南ランチコース』と銘打たれ、接客中の汐里の笑顔が載っていた。

飲食での参加店を、前菜、メイン、ドリンク、スイーツの、四つのカテゴリーに分類、コースチケットを買うと、各カテゴリーから一品ずつ好きな店の商品を選んで、割安で食めぐりができる、という企画だ。

イベント内容の急な変更による混乱を許容してもらう目的か「つい一時間前に〈グラタ〉の店主・美野要が考案した企画を急遽実行しました」と書かれており、「すでにお買い物された方は受付に申告で、コースチケットの割引も承ります」と抜かりない。

「あれ？　ようするにこれ、最後まで繋ぐためには、前菜担当の俺が、一番真面目に営業しなきゃだめだってことだよな」

思わず呟くと、受け取ったばかりのチラシを読みながら、スープが出来上がるのを待っていた女性客が吹き出した。

「あとで受付行ってチケット買いますね。お勧めのお店ってどこですか？」

「個人的には、メインは〈アレグリア〉、ドリンクは〈シュシュ〉、スイーツは〈エナガ団子〉って言いたいんですけれど。実は他の店、何を扱ってるかくらいしか、知らないんですよね」

近隣の店舗を集めているとはいっても、ここは普段生活しているエリアとも離れている。知っていることは、元々のチラシに書いてあった情報がすべてだ。

「じゃあわたしがテントのお店回って、美野さんに感想伝えにきましょうか？」

「いいんですか」

予想外の申し出に驚くと、女性は「美野要が考案の企画だし、ちょっとでも情報あったほうがいいですもんね」と笑った。厚意に素直に甘えることにした。

しばらくすると彼女は、余白いっぱいに書き込みした、チラシを持って戻ってきた。実食できなかった店も回ったようで、自分の店の料理がどこと相性が良さそうか、直接店主に聞き込みまでしてきたらしい。

「これ、SNSで流してもいいですか。特に各店に訊いてきてくれた、相性が良さそうな店、面白いと思うんですけど」

「でも店主さんたちも、食べたことない店が多いって言ってましたよ」

「それを想像で答えてるというのが、突発イベントらしくていいんです」

熱意で押すと「これが役に立つのなら」と、彼女は了承してくれた。

SNSで早速情報を流すと、ふと学校の課題で作らされていた、企業パンフレットを思い出した。

　文字で書き連ねるよりも、フロー図のほうが目に留まりやすい。各店主のおすすめコースを作って、掲示するのもいいかもしれない。チラシをすぐに用意した麗花なら、材料さえ揃っていればやれるはず。

　仕事をしながらも、ラフデザインをメモしていると、人混みの中に丹羽の姿が見えた。

「ちょっと丹羽さん」

　大声で呼び止めると、彼は駆け寄ってきた。

「どうしたの、美野くん」

　トラブルかと、先頭に並んでいた客と要を不安げな目で見ている。要はメモと一緒に情報の書き込まれたチラシを渡した。

「これ、麗花さんにお願いします」

「何、これ？」

「完成したら受付とか飲食用のテントに貼ってくださいって、伝えてください。それだけで、麗花さんなら意味がわかると思うので」

　ふうん、とそれ以上は何も訊かずに、丹羽は要をじっと見つめている。

「なんか美野くん、本当にどうしたの」

「はい？」

「噂には聞いてたけど、別人みたいじゃない」

忍び笑いしながら、受付にいる麗花の方へ歩いていく。メモを渡してしばらくすると、丹羽が折り返してきて、右手でオーケーサインを作った。

イベントの取材は対応慣れしている久瀬が中心に請け負った。すでに光南ランチコースはSNSで拡散され、盛況中だ。

廃棄を恐れて数を用意してこなかった店は、品切れになるのも早く、時間を追うごとにキッチンカーに客が集中した。

要は以前出店したリバーサイドフェスティバルを思い出した。あの日は鳴原と二人態勢だったから乗り切れたが、一人だと捌ききれなくなってくる。

客との会話を愉しみながらも、内心焦りを感じていると、久瀬が車に乗り込んできた。

「一人だと結構やばいだろ」

「まだいけます」

泣きつきたい気持ちを抑え込んで強がると、

「やせ我慢しないで甘えとけよ。今日はそういうイベントなんだろう？」

と、久瀬が早速手伝いに入る。

「文化祭みたいだよな。いや、文化祭は他の模擬店と競ってたっけ」

「出たことないんで、わかりません」

「本当に？」

笑顔を見せて、久瀬は二番目に並ぶ客の注文を取り始めた。

要がふと顔を上げると、駐車場内には、食事や買い物だけではなく、会話を愉しんでいるたくさんの人の笑顔が見える。これまでも確かに目に映っていたはずなのに、見えていなかった景色だった。

仕事を始めたときからずっと、その中にいたのかもしれない。

この環境があるのは当たり前ではないのだと胸に刻む。大切だと思う場所を見つけたなら、自分たちの手で守らなくてはいけないのだ。

嵐のあとの告白

イベントが終了するや否や、麗香が要のもとに駆けてきた。

「ちょっと集計手伝って」

「俺？」

「これはあんたの企画」

そう言われると、反論の余地もない。要はエプロンを外して車を降りた。

「もう、訳わかんないわよ。受付丹羽さんやってたから、はちゃめちゃだし。とりあえず各店からチケット集めたから、それを数えて明日の朝に売上を分配するけど、問題はその集計。考えただけで嫌になるわ」

「チケット代って決まってるけど、実際にお客さんが買った商品って値段違いますよね」

食事の組み合わせによって、原価にかなりの差が出そうだ。詳細を決めたのは麗花と久瀬で、どうなっているのかを要は知らない。

「差額はうちが持つわ。広告料だと思えば大したことない。それに、売上に対する場所代は徴収させてもらうわけだしね。お金のことは社長に直談判したから、心配しないで」

この手回しの良さが、周りから一目置かれる理由なのかと、今さら納得する。

「最初は勘弁してよって思ったけど。結果的にはフードバトルをやめて、光南ランチコースで良かったと思う。新しい店と、古くからある店の人たちが繋がって、喜んでもらえたし。こういう企画をするのもきっと、同じ地域にある会社の役割なのよね」

コースの提供によって一人の客の滞在時間が長くなれば、駐車場も賑わうし、ふらりと足を運んでくれる人も現れる。そして食べ歩きしながら、飲食店以外も一通り見てくれると、出店者全員にとってプラスの要素が大きいと久瀬から説得されていたようだ。

「麗花さんがこんなに熱い人だったとは」

「冷めてたわよ。汐里ちゃんとか、美野くんが来るまでは。仕事なんて定時で帰れて、決められた範囲だけきっちりやってればいいって思ってたのに、残業して、休みの日に駆け回ってまで、こんなことやるようになるとはね」

楽しいけどさ、と付け加えて、麗花は両腕を上げて伸びをした。

「そのうち出店してみてもいいんじゃないですか、麗花さんも」

「わたし？　何やるのよ」

「洋菓子販売」

目を丸くしていたが、いつかした昔話を思い出したのか、大口を開けて笑い出した。

自分の車の片付けを終えた、久瀬と鳴原が歩いてきた。二人が手伝いを申し出ると、麗花がもう一度、残っている作業の説明をする。

鳴原が手を上げた。

「俺計算なら早いですよ、営業だし。電卓なんてキーの数字が摩擦で消えるくらい叩きまくってますからね」

「じゃあそこは鳴原さんに指揮をお願いするわ。久瀬さん、取材内容について報告まとめないといけないから、色々聞かせてもらえますか」

久瀬も麗花の申し出に快く了承する。

「俺は？」

初めに声をかけられたのに、役割を取られて、何を手伝えばいいのかわからなかった。

「汐里ちゃんの片付け手伝ってあげて。こっちはその後で」

麗花は疲れを見せずに、さっさと片付けるわよ、と男二人を引きつれて事務所に向かっていった。

汐里はまだキッチンカーで洗い物をしている。閉店ぎりぎりまで接客していたから、片付けが遅れているようで、看板もまだ出したままになっている。

要が車に乗り込むと、彼女はわっと声を上げた。

「ごめん、ぼうってしてた」

「手伝いますよ」

「大丈夫、もう終わるから」

手を拭いて、汐里はサーバーをしまう。

「めちゃくちゃ涼しいですね、ここ」

要は額に当たる、エアコンの風の冷たさに感動する。汐里は声を立てて笑っていた。

傍にいるだけで、ここが家のような気さえして、肩の力が抜けていく。

「突発イベント、巻き込んですみませんでした」

「楽しかったよ。出店していた近くのお店の人も買いにきてくれて、話もできたし。それで、わたしやっぱりキッチンカーが好きだな、って改めて思っちゃった。やっぱりこの子が仕事の相棒なんだよね」

汐里は手を伸ばし、車の内壁を優しくなでる。

「本当は後悔してます？」

「ううん、この間も言ったけど、東京第三営業所に戻れるまでは、久瀬さんのところで経験を積ませてもらうつもり。それもご縁だと思うから。でも、こっちでまたこういうイベントをするなら、参加したいなあ」

「俺も川澄さんと一緒に出店したいです」

視線がぶつかると、汐里の頬が赤く染まる。照れ臭くなって目を逸らすと、急ぎ足で駐車場に入ってくる女性の姿が見えた。

パンツスーツにピンヒール、隙のないメイクはそれだけでも目を惹くが、要が気になったのは右手に提げているペット用キャリーバッグだった。

イベントには沢木の知り合いの、動物保護活動をしているNPO法人が出店している。まさか譲渡相談会にかこつけて、ペットを手放す気だろうか。

「イベント、もう終わりましたけど」

要が鋭い声で呼び止めると、女性は振り向いた。

尖った顎を持ち上げて、睨んできたかと思うと、その瞬間はっとしたように瞬いた。表情を一転させ、口元を綻ばせている。豹変ぶりに戸惑っていると、汐里が慌ただしくキッチンカーを降りた。

「びっくりした、絹香さんじゃないですか」

汐里の知り合いのようだ。常連客だろうか。要は口元を引き締めて、絹香に会釈した。

「病院の帰りなんだけど、来るのが遅すぎたみたいね。沢木さんが今日はここにいるって言ってたから、この子の様子を見せようと思ったんだけれど」

「たぶんまだいますよ、沢木さん」

テントを指し、汐里が説明を始めると、キャリーバッグの中から、みい、と頼りない声がした。もう一度鳴いたとき、呼ばれているような気がして、要は車の外に出た。腰を屈めてバッグを覗きこむと、白い子猫がいた。透き通った青い目が真っ直ぐに見つめてくる。

「スフレ？」

信じられない思いで手を伸ばす。まさか、こんな場所で再会できるとは。

「やっぱり元の飼い主のことはわかるんだね。それとも匂いなのかしら」

絹香がスフレ、と名前を呼ぶが、子猫の関心は要に向けられたままだ。

「里親の方だったんですね。どうですか、スフレの様子は」

訊ねると、彼女は不思議そうに小首を傾げた。

「夫から何も聞いてない？　連絡先交換しているのかと思ったけれど」

「夫って？」

話が読めず、汐里に助けを求めるが、視線を逸らして、気まずそうに笑みを浮かべるだけだった。

「え、汐里ちゃんまさか、うちでスフレをずっと預かってること、美野さんに話してなかったの？」

絹香は切れ長の目を丸くして、すぐに「久瀬玄哉の妻です」と頭を下げた。

「いつも夫は愉しそうに美野さんのこと話していたから、スフレのことも当然伝わっているものだと思っていて。ごめんなさいね、玄哉にちゃんと言っておくから」

「待ってください」

沈黙を貫いていた汐里がごめんなさい、と両手を顔の前で合わせた。要と絹香は目を見合わせた。

「わたしが久瀬さんに、少しの間、美野くんには伏せておいてほしいって言ったんです」

「どういうことですか？　それ」

要は唖然とした。隠す理由がわからない。

絹香が急にキャリーバッグを預けてきた。鞄からスマホを出して耳に当てる。

恐らく電話で久瀬を呼び出すつもりなのだろう。少し離れた場所で、背中を向けている。

「トライアルで合わなくて、もしスフレが戻ってきたら、美野くんと久瀬さんの関係がこじれるかと思って」

「そういうことですか」

考えごとに耽りながら、要は呟いた。

思い返せば確かに、不自然に感じた行動はいくつもあった。スフレのトライアルのとき、沢木と汐里が直接やりとりしていたこと。汐里が沢木の家にスフレを預けに行ったこと。よく考えれば、預けるのは夜でも構わないはずなのだ。

あのとき汐里は、久瀬の会社で働き始めたばかりだった。仕事に行く際に、そのままスフレを連れていったのではないだろうか。

久瀬もやけに保護した猫の行き先を気にしていたから、汐里に状況を訊いたのだろう。

頭の中で話が繋がっていくほど、すっきりしない気持ちになる。それほど心の狭い人間だと思われていたということか。いや、確かに場合によっては文句の一つも言っていたかもしれない。

要はスフレを見つめたまま、知らず識らず唸っていた。

「もしかして川澄さん、仕事が終わった後、スフレの様子見に、久瀬さんの家まで行ったりしてました？」

「えっ」

汐里は慌てふためいている。

「絹香さんと知り合いになるタイミング、他にないじゃないですか」

〈アレグリア〉のスタッフへの気遣いを考えると、仕事を始めたばかりの汐里を、久瀬が夜遅くまで引き留めることは考えにくい。妻帯者ならなおさらだ。その情報すら知らなかったから、久瀬の汐里への好意の意味を取り違えてしまった。

「なんか俺、一人で馬鹿みたいなんですけど」

だが事情を話せなかったのは、余裕のない日々を過ごしていた頃に、汐里に当たってしまっていたからだと思うと、情けなくなってくる。

「ちょっとわたし、沢木さんに挨拶をしてくるから、スフレのことお願いしていい？」

電話を終えた絹香が、にこやかにその場を離れたとき、久瀬が事務所から飛び出してきた。妻から睨みつけられて、ばつが悪そうに頭を掻いている。

「本当に悪かった、トライアルが終わって、正式に決まってから伝えようと思ってた」

要が言い訳する久瀬を見据えると、ごめん、と深々と頭を下げた。

「久瀬さんって猫好きだったんですか」

「絹香が昔、実家で飼ってたんだ」

妻の希望で保護猫を迎え入れることを検討していたものの、仕事が忙しく、後回しになっていたらしい。しかし汐里が子猫を保護したと聞いて、今がそのタイミングだと思い、迎えるための準備を整えてきたのだという。

「スフレ落ち着いてますか？」

「そうだな、まあ」

要は久瀬の腕に目を遣った。よく見れば、手首には爪で掻かれたような、内出血の痕がいくつもある。

もの言いたげな視線に気づいたのか、久瀬は観念したようにシャツの袖を捲り、引っ掻き傷を見せてきた。腕には爪とぎでもされたような、生々しい傷がある。

「それ、スフレがやったんですか」

要はまじまじと腕を見る。穏やかな性格の人なつこい猫だ。何をしたらそうなるのかがわからない。

「大丈夫、絹香にはいつも甘えてる。彼女が家にいる間はべったりだ」

だからトライアルはなんら問題ないと語調を強めながらも、久瀬は浮かない顔だ。

「煙草の臭いが嫌なんじゃないですか」

「今はもう吸ってない、禁煙したから」

「え」

「それでも俺にはなつかない。初日は大丈夫だったのに」

久瀬はキャリーバッグの中のスフレを覗き込む。

猫が欲しかったのは妻だと割り切ろうとしているが、初めて子猫を抱き上げたときの、骨の存在を忘れてしまう不思議な柔らかさと、温もりが忘れられないのだという。

スフレはいつも甘えるように鳴きながら近づいてくる。だが、膝に載せて抱こうとすると嫌がって、引っ掻かれるらしい。

「絹香と汐里さんが平気でも、俺がだめな理由はなんだ？　男だからか？」

「俺には普通に甘えてましたけど。ベッドで寝てると、川澄さんちの猫とスフレ、二匹まとめて背中に乗っかってましたし」

「おいおい、本当かよ」

久瀬は動揺している。

「相性悪いんですかね。人間同士でも合わないやつって、どうひっくり返ってもだめじゃないですか」

　ついでに、色々と秘密にされていた仕返しをしてやろう。ちょっとした悪戯心で要が言うと、久瀬はそうか、と黙り込んだ。

「今のは冗談ですからね？」

　あまりの落ち込みように、すぐに撤回したのだが、久瀬は物思いに沈んだまま、曖昧な返事をするだけだった。

　要は慌てて言葉を継いだ。

「スフレは本気で嫌がってたら、絶対に近寄らないです。今は怪我も治って元気になってきて、色んなことを学ぼうとしているんじゃないですかね。久瀬さんのことをきょうだいのような存在だと思ってるとか」

「きょうだい？」

　ようやく久瀬の顔が上がる。

　そういえば、と汐里が控えめな声で話に交ざってきた。

「子猫って、きょうだいで遊びながら狩りの練習をしたり、力加減を学んだりしていくって、昔買った猫の本に書いてあったかも」

「スフレからそんな風に思われてるってことは、めちゃくちゃ必死に構ってる、ってことじゃないですか。だから、久瀬さんがその相手だって、思い込んでるんですよ」

図星だったのか、眉間を指で押さえ、苦笑いしている。

要はつい、床に這いつくばり、子猫と同じ目線でおもちゃを揺らす久瀬の姿を想像した。彼はスフレに一目惚れしてしまったのだろう。元々猫好きの絹香以上に、愛してくれる存在になっていくのかもしれない。

「スフレ、きっと幸せですね」

バッグの隙間から人差し指を入れ、久しぶりに小さな前足に触れてみた。獲物を捕らえようとしているのか、必死に要の指を押さえつける。

怖がったり甘えたりするだけで、何もできなかった子猫は、少しずつだが成長している。指を引き抜くと、みぃ、と要を求めて鳴き、キャリーバッグの中で立ち上がった。

沢木への挨拶を済ませて、絹香が戻ってきた。預かってくれてありがとう、と手を差し出され、要は名残惜しさを感じながら、スフレを委ねた。

「片付けの最中だったのに、ごめんなさいね。わたしはもう帰るけど、よかったら今度、二人でうちに遊びにきて」

それじゃあ、と絹香は久瀬にちらりと目を遣った。

「絹香、またあとで」

二人は笑顔を交わしている。報告せずとも相手が何をしたのかわかり合えるのは、互いの信頼が深いからなのだろうか。要はその姿を見て、久瀬と汐里が仕事だけの関係なのだと、言葉で聞くよりもはっきりと理解した。

「とりあえず戻らないと。あともう一踏ん張りだな」

久瀬は事務所に足を向けた。

「わたしも片付けしなきゃ、バスが帰ってきちゃう」

汐里も車の中に戻っていく。要は猫がいつもするように、すぐ後ろをついて歩いた。近すぎる距離が気になるのか、汐里が何度も振り返る。

「ねえ川澄さん。俺、笑ってるけど結構へこんでます。言ってくれたってよかったじゃないですか」

終わった話をねちねちと蒸し返すのは良くないし、絹香のようにさっぱりと水に流す大人の対応を見て感心もした。だが、黙ってはいられない。

「ごめんね」

汐里は困り顔のまま、口元で両手のひらを合わせる。

「トライアル失敗したときに、相手が久瀬さんだと俺との関係が悪くなるって思った、というのはわかるんですけど、そこじゃなくて。俺、久瀬さんが結婚してることすら知らなかったんですけど」

言われたことがぴんとこないのか、汐里は目を瞬かせていたが、突如はっとする。

「あ、そっか。それを知ったの、麗花さんとオイスターバーに行ったときだったのかも」

仕事を一歩離れると、どこまでものんびりしているのは、汐里の長所でもある。だが、文句を言わずにはいられない。

「俺がどれだけ久瀬さんに遠慮したか。いや、実際は全然してませんでしたけど」

ため息を吐きながらしゃがみ込む。すると、手のひらがふわりと、頭の上に下りてきた。

「隠しごとはもうないですよね」

汐里は唇を横に引いたまま、何度も頷く。

「あ、そうだ」

今度はちらりと、窺うような視線を投げてくる。

「今日は夜ご飯何にしようかな」

虫の居所が悪いときには、餌で機嫌をとろうという作戦か。

「チャーハン」

やけくそになって答えると、屈託のない笑顔を向けられた。

要は思わず汐里の手を取っていた。華奢な手からじわじわと体温が伝わり、混じり合っていく。

このささやかな幸せが続くために、できることはなんだろう。

あとがき

はじめまして、佐鳥理（さとりさとり）と申します。このたびは『紅茶と猫と魔法のスープ』をお手に取っていただき、ありがとうございます。

この小説を書こうと思ったきっかけは、長く飼っていた保護猫の一匹が亡くなったことでした。ふとしたときに蘇る気持ちを、書き留めるにあたり、暗い話にはしたくなかったので、キッチンカーをかけ合わせてみることにしました。

以前、私の勤務先の駐車場には、週に二度、きまった曜日にキッチンカーが出店していました。当時は仕事が忙しく、休憩中に買い物に行く余裕がなかったので、昼休みにできたての温かい食事が摂れる日が、ささやかな楽しみでした。

足繁く通ううちに、少しずつお店の人と話をするようになり、おまけをしてもらったり、ときにはこちらからちょっとしたお礼を渡したり。笑顔になれる瞬間は、仕事の合間の癒しで、キッチンカーの小説を書こうと思ったのは、猫同様、その存在に私自身が救われた経験があったからかもしれません。

本書の刊行にあたって、たくさんの方にお力添えをいただきました。

細部にまでこだわって、息を呑むほど鮮やかなイラストを描いてくださったわみずさま。

作中のメルトミントティーを、試行錯誤しながら再現してくださった『Ｃａｆｅ　ｄｅ武（たけ）』のみなさま。作品の世界を広げていただき、ありがとうございます。

編集の佐藤さまには、本当にお世話になりました。佐藤さんのおかげで小説を書くことの楽しさを思い出したよ、と言ったら、そんな大袈裟な、と笑われてしまいそうですが、「一人で仕事をするようになって、ずっと忘れていた。誰かと一緒に悩んで答えに辿り着いたとき、嬉しさが倍になることを」という作中の一文は、この本の執筆で私が気づかされたことでもあります。

色々なものをなげうって、書いてばかりの私を見放さずにいてくれる家族、執筆を支えてくれる友人たちには頭が上がりません。いつもありがとう、これからもどうぞよろしく。

そして最後に、この本をお読みいただいたみなさまに、改めてお礼を。書店で、読者との出会いを待つ数え切れないほどの本を見るたびに、自分の書いた物語が誰かの手に届くのは、奇跡のようなことなのだと思わされます。ありがとうございました。素敵なご縁に恵まれて、感謝の気持ちでいっぱいです。

二〇二三年十二月　佐鳥理

ことのは文庫

紅茶と猫と魔法のスープ

2023年12月25日　初版発行

著者　佐鳥 理

発行人　子安喜美子

編集　佐藤　理

印刷所　株式会社広済堂ネクスト

発行　株式会社マイクロマガジン社

URL：https://micromagazine.co.jp/

〒104-0041

東京都中央区新富1-3-7 ヨドコウビル

TEL.03-3206-1641 FAX.03-3551-1208（販売部）

TEL.03-3551-9563 FAX.03-3551-9565（編集部）

本書は、個人出版された『melt_mint_tea』（2022年5月発行）を改題し、加筆・修正した上、書籍化したものです。
定価はカバーに印刷されています。

ISBN978-4-86716-506-5　C0193
乱丁、落丁本はお取り替えいたします。